STS

絕對合格

日檢必背單字+文法

全圖解

N4

新制對應！

吉松由美、田中陽子
西村惠子、千田晴夫
大山和佳子、林太郎
山田社日檢題庫小組

◎合著

「單字」是語言的重要基礎
「句型」將單字串聯成話語

本書用句型將單字點線面串聯，推出二合一高效學習法，
強化活用！深植記憶！急速擴充大量詞彙！
還有精彩圖說和詳盡辭意，學完即測驗，擊破學習盲點！

您是否曾想過，文法和單字一起學，
僅用一半時間，獲得兩倍成效？
本書用聰明的方法讓您在應用中學習，
再忙碌也能活用零碎時間，事半功倍，輕鬆達標。

本書精華

- ▶ N4 必考單字、文法全收錄，一本抵兩本
- ▶ 從文法中學單字，串聯記憶，強化應用能力
- ▶ 單字用詳盡辭意＋超好懂圖說，趣味學習 100% 吸收
- ▶ 打鐵趁熱，讀完即練習填寫單字，啟動回想複習
- ▶ 配合日檢題型，驗收文法＋單字，學習零死角

初學日語由此著手，讓您在歡樂學習中，飛躍式進步。用對方法，
學日語就是這麼簡單！

本書特色

▲一本就夠，網羅日檢必考文法詞彙

　　本書依據「日本語能力測驗」，多年精心編寫而成。內容包含 N4 範圍約 650 個單字，130 項文法。以文法分為 4 大單元，詳細歸類為：一、助詞（格助詞、副助詞、並列助詞、接續助詞、終助詞接尾詞等）、指示詞（連體詞、副詞）；二、詞類的活用（敬語、被動形、使役形、命令形、句子名詞化、補助動詞…等）；還有 N4 必考的各種文型。內容最齊全，單字、文法通通搞定。

▲ 文法同步學習，應用更全面

　　想徹底瞭解一個人，其不二法門就是先從他所處的環境著手。相同地，想要徹底記住一個單字，也要從單字所處的環境背景著眼。什麼是單字的環境背景呢？也就是單字在什麼句子裡？又處於什麼樣的文法變化中？跟句子之間有什麼密切關係？徹底瞭解了以後，絕對記憶深刻。

　　本書**每項文法項目下面帶領 5 到 6 個單字**，學習文法時，一面擴充詞彙量，一面深入串聯記憶，建立文法詞彙資料庫。讓您開口說日語時能同時啟動雙向記憶，講出完整語句。

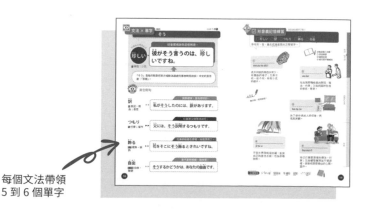

每個文法帶領
5 到 6 個單字

▲ 單字究極學習，絕對深入

　　什麼是「究極式」的單字學習法，那就是利用每個單字的字音、圖形、字義，在字的形音義上，追根究底的學習法。細項如下：

a. 為了讓單字就像照片一樣，在腦中永久記憶，每個單字都配有圖片，**化抽象為具體，有效幫助理解、記憶。**

b. 為了充分發揮，發音上的聯想效果，每個單字都標示了羅馬拼音，**零基礎也能朗朗上口。**

c. 為了紮實單字記憶根底，每個字除了字的翻譯以外，還有更詳盡、徹底的說明。背過就真的很難忘記！

d. 從左頁學單字後，詳讀右頁的單字形音義並動手複習，填入相對應的寫法和讀音假名，加深學習成效！

羅馬拼音

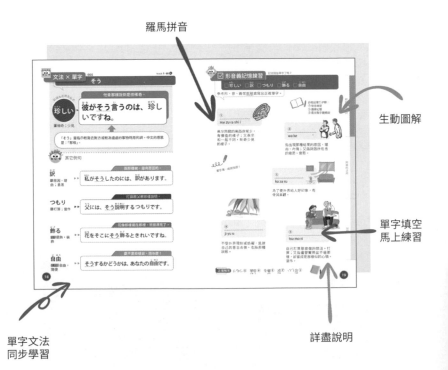

生動圖解

單字填空
馬上練習

單字文法
同步學習

詳盡說明

▲ 讀完即練習，啟動回想完成複習

學完文法後，打鐵趁熱即刻練習，不僅能復習剛學過的內容，同時也能抓出學習弱點一一釐清。**題型包含文法及單字**，文法針對日檢 N4 的文法第 1、2 大題設計，磨練您辨別相近文法的能力，使您能夠清楚、正確的掌握文法的用法及意義；單字則針對日檢 N4 單字第 3 大題設計，幫助您釐清字義和句意。另有句子重組練習，訓練您掌握句子結構，為口說和寫作打下良好基礎。

閱讀時務必搭配專業日籍教師錄製，**標準東京腔**的發音音檔，練出道地日語。還有書末附上的**單字查詢索引**，遇到不懂的單字隨查隨到，並同時為您串聯文法和單字，學習最徹底。

從單字學習理論上而言，**「單字究極學習」**及**「文法同步學習」**這兩種超高效學習法，由於是從多方位的角度，來記憶一個單字的字義及用法，也就是總合性地，徹頭徹尾地去學習一個單字。再加上針對日檢設計的練習題，讓您學習更深入、踏實，這就是我們標榜的「最短最速」單字、文法學習法。

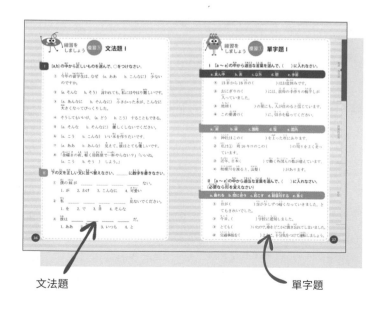

文法題　　　　　　　　　　　　　　單字題

もくじ
CONTENTS

Lesson 1

助詞、指示詞

こんな

にほんごのたんご

如何（いかが）

副 如何，怎麼樣

這一類的洋裝，您覺得如何？

<u>こんな</u>洋服（ようふく）は、いかがですか。

「こんな」是間接的在講事物的狀態和程度，然後這個事物是靠近說話人的。中文的意思是：「這樣的」、「這麼的」、「如此的」。

　其它例句

大（おお）きな
連體 大，大的 ▶▶

沒看過這麼大的樹木。

<u>こんな</u>**大（おお）きな**木（き）は見（み）たことがない。

すぎる
接尾 過於… ▶▶

這麼棒的房間，對我來說太過豪華了。

<u>こんな</u>すばらしい部屋（へや）は、私（わたし）には立派（りっぱ）すぎます。

建（た）てる
他下一 建造，蓋 ▶▶

我想蓋這樣的房子。

<u>こんな</u>家（いえ）を建（た）てたいと思（おも）います。

例（たと）えば
副 例如 ▶▶

例如像這樣擺可以嗎？

例（たと）えば、<u>こんな</u>ふうにしたらどうですか。

☑ 形音義記憶練習

記住這些單字了嗎？

☐ 如何(いか が) ☐ 大きな(おお) ☐ すぎる ☐ 建てる(た) ☐ 例えば(たと)

參考形、音、義在底線處寫出正確單字。

合格記憶三步驟：
① 發音練習
② 圖像記憶
③ 最完整字義解說

① ＿＿＿＿＿＿＿＿＿

ta to e ba

表示舉例說明，舉個例
子來說的意思。

② ＿＿＿＿＿＿＿＿＿

su gi ru

表示「程度超過一般水平」、
「超過限度」的意思。

動手寫，成效加倍！

③ ＿＿＿＿＿＿＿＿＿

o o ki na

準連體詞。表示數量或程度，
所佔的比例很大。

④ ＿＿＿＿＿＿＿＿＿

ta te ru

建造房屋、銅像等，從地面
往上蓋的動作。範圍包括從
大規模的建築物到小屋。

⑤ ＿＿＿＿＿＿＿＿＿

i ka ga

詢問對方的意願、狀況、方
法等。與「どう」意義基本
相同，但更鄭重一些。

正確解答 (5) いかが (4) 建てる(たてる) (3) 大きな(おおきな) (2) すぎる (1) 例えば(たとえば)

助詞、指示詞

詞類的活用

句型

11

そんな

にほんごのたんご

だめ

不可以做那樣的事。

そんなことをしたらだめです。

名 不行；沒用；無用

「そんな」是間接的在說人或事物的狀態和程度。而這個事物是靠近聽話人的或聽話人之前說過的。有時也含有有輕視和否定對方的意味。中文的意思是：「那樣的」。

 其它例句

確か
形動副 確實，可靠；大概

他確實也說了那樣的話。

▶▶ **確か、彼もそんな話をしていました。**

とき
名 …時，時候

那種情況時請吃這個藥。

▶▶ **そんなときは、この薬を飲んでください。**

ばかり
副助 光，淨；左右；剛剛

別淨說那樣的話，打起精神來。

▶▶ **そんなことばかり言わないで、元気を出して。**

彼
名代 他

沒想到他是那種人。

▶▶ **彼がそんな人だとは、思いませんでした。**

☐ だめ　☐ 確か　☐ とき　☐ ばかり　☐ 彼

參考形、音、義在底線處寫出正確單字。

合格記憶三步驟：
① 發音練習
② 圖像記憶
③ 最完整字義解說

① _____
ba ka ri

表示排除其他事物。除了「ば
かり」強調的事以外，再沒有
其他的事了。

② _____
ka re

說話者或聽話者以外的
男性；又指女性眼裡的
情人。

動手寫，成效加倍！

③ _____
da me

表示不許做。不許；又表示
做也白費。沒用；還表示簡
直沒有用。無用。

④ _____
ta shi ka

形容沒有錯誤的或不可靠的
地方。確實；雖然不是說絕
對但也差不多。大概。8成。

⑤ _____
to ki

接在別的詞後面，表示某種
「場合」的意思。

正確解答　⑤とき　④確か　③だめ　②彼　①ばかり

助詞、指示詞

詞類的活用

句型

13

あんな

にほんごのたんご
女性
じょせい

图 女性

> 我想和那樣的女性結婚。

私は、あんな女性と結婚したいです。

「あんな」是間接的說人或事物的狀態或程度。而這是指說話人和聽話人以外的事物，或是雙方都理解的事物。有時也含有有輕視和否定對方的意味。中文的意思是：「那樣的」。

其它例句

なさる
他五 做

> 您為什麼會做那樣的事呢？

どうして、あんなことをなさったのですか。

昔
むかし
图 以前；10年來

> 我以前住過那樣的房子。

私は昔、あんな家に住んでいました。

優しい
やさ
形 溫柔，體貼

> 我不知道她是那麼貼心的人。

彼女があんな優しい人だとは知りませんでした。

一度
いちど
名・副 一次，一回

> 想去一次那樣的地方。

一度あんなところに行ってみたい。

參考形、音、義在底線處寫出正確單字。

合格記憶三步驟：
① 發音練習
② 圖像記憶
③ 最完整字義解說

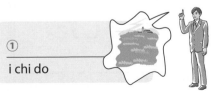

① _____

i chi do

指某一事情發生的次數，是一次。

② _____

jo se e

比「おんな」文雅的詞，一般指年輕的女人。而年齡較高者。用「婦人（ふじん）」。

動手寫，成效加倍！

③ _____

ya sa shi i

對對方充滿愛心，這愛心一開始屬於主體，並且接觸到主體的人，都能感覺到的普遍的溫暖與愛心。

④ _____

na sa ru

「する」（做）、「なす」（為）的敬語。

⑤ _____

mu ka shi

遙遠的過去。很久以前。從前；又指以過去的 10 年為單位的詞。10 年。

正確解答　⑤昔（むかし）　④なさる　③優しい（やさしい）　②女性（じょせい）　①一度（いちど）

15

こう

にほんごのたんご

決める
（き）

行程就這樣決定了。

予定を<u>こう</u>決めました。
（よ てい）　　　　　（き）

他下一 決定，規定；斷定

「こう」是指眼前的物或近處的事的時候用的詞。中文的意思是：「這樣」、「這麼」。

 其它例句

じゃま
名·他サ 妨礙，阻擾

像這樣坐在這裡，會妨礙到你嗎？

▶▶ ここに<u>こう</u>坐っていたら、じゃまですか。
　　　　　　　（すわ）

戻る
（もど）
自五 回到；回到手頭；折回

這樣走，再這樣走下去，就可以回到車站。

▶▶ <u>こう</u>行って、<u>こう</u>行けば、駅に戻れます。
　　　　（い）　　　　（い）　　（えき）（もど）

辞める
（や）
他下一 停止；取消；離職

這樣一想，還是離職比較好。

▶▶ <u>こう</u>考えると、会社を辞めたほうがいい。
　　　（かんが）　　（かいしゃ）（や）

挨拶·する
（あいさつ）
名·自サ 寒暄；拜訪；致詞

在美國都像這樣握手寒暄。

▶▶ アメリカでは、<u>こう</u>握手して挨拶します。
　　　　　　　　　（あくしゅ）　（あいさつ）

參考形、音、義在<u>底線</u>處寫出正確單字。

合格記憶三步驟：
① 發音練習
② 圖像記憶
③ 最完整字義解說

① _____

ja ma

在事物進行中或成就一件事的時候，成為障礙的事物。

② _____

a i sa tsu su ru

和人見面、分別或初次見面時說的話；又指在集會開始或結束時，表示謝意或祝賀的話。

動手寫，成效加倍！

③ _____

mo do ru

回到原來的地方或狀態。回到；又指回到所有者的手裡。回到手頭。還指向後返回。折回。

分析結果

④ _____

ki me ru

使得出最後的結果或結論。

⑤ _____

ya me ru

把繼續至今的事情結束。停止；又指準備要做的事不做了。取消；還指辭去工作和職務。辭去。

助詞、指示詞

詞類的活用

句型

17

そう

にほんごのたんご
珍（めずら）しい ▶

他會那樣說倒是很稀奇。

彼（かれ）がそう言（い）うのは、珍（めずら）しいですね。

形 稀奇；少見

「そう」是指示較靠近對方或較為遠處的事物時用的詞。中文的意思是：「那樣」。

 其它例句

訳（わけ）
名 原因，理由；意思

▶▶

我那樣做，是有原因的。

私（わたし）がそうしたのには、訳（わけ）があります。

つもり
名 打算；當作

▶▶

打算跟父親那樣說明。

父（ちち）には、そう説明（せつめい）するつもりです。

飾（かざ）る
他五 擺飾，裝飾

▶▶

花像那樣擺在那裡，就很漂亮了。

花（はな）をそこにそう飾（かざ）るときれいですね。

自由（じゆう）
名・形動 自由，隨便

▶▶

要不要那樣做，隨你便！

そうするかどうかは、あなたの自由（じゆう）です。

☑ 形音義記憶練習

☐ 珍しい ☐ 訳 ☐ つもり ☐ 飾る ☐ 自由

參考形、音、義在底線處寫出正確單字。

合格記憶三步驟：
① 發音練習
② 圖像記憶
③ 最完整字義解說

① _____

me zu ra shi i

表示同類的東西非常少，
有價值的樣子；又表示
和一般不同，新奇少見
的樣子。

② _____

wa ke

指出現那種結果的原因、理
由、內情；又指詞語所包含
的意思。意思。

動手寫，成效加倍！

③ _____

ka za ru

為了使外表給人好印象，而
使其美觀。

④ _____

ji yu u

不受外界限制或妨礙，能按自
己的意志去做。也指那種狀
態。

⑤ _____

tsu mo ri

自己打算那麼做的想法。打
算；又指儘管實際並不是那
樣，卻當成是那樣似的心
情。當作。

正確解答　⑤つもり　④自由　③飾る　②訳　①珍しい

助詞、指示詞

詞類的活用

句型

19

ああ

にほんごのたんご

太る

自五 胖，肥胖

一旦胖成那樣，會很辛苦吧！

ああ太っていると、苦しいでしょうね。

「ああ」是指示說話人和聽話人以外的事物，或是雙方都理解的事物。中文的意思是：「那樣」。

 其它例句

約束・する
名-他サ 約定，規定 ▶▶

已經那樣約好定，所以非去不可。

ああ約束したから、行かなければならない。

天気予報
名 天氣預報 ▶▶

雖然天氣預報那樣說，但不能相信。

天気予報ではああ言っているが、信用できない。

しかる
他五 責備，責罵 ▶▶

把小孩罵成那樣，就太可憐了。

子どもをああしかっては、かわいそうですよ。

答え
名 回答，答覆；答案 ▶▶

考試的答案，都已經寫在那裡了。

テストの答えは、ああ書いておきました。

☑ 形音義記憶練習

記住這些單字了嗎？

□ 太<ruby>ふと<rt></rt></ruby>る　□ 約束<ruby>やくそく<rt></rt></ruby>・する　□ 天気予報<ruby>てんきよほう<rt></rt></ruby>　□ しかる　□ 答<ruby>こた<rt></rt></ruby>え

參考形、音、義在<u>底線</u>處寫出正確單字。

合格記憶三步驟：
① 發音練習
② 圖像記憶
③ 最完整字義解說

① _____

te n ki yo ho o

把預測的晴雨、氣溫和
風向等的氣象狀態，報
告給大眾知道。

② _____

shi ka ru

指出並說明對方的錯誤，嚴
厲地督促對方多加注意。

動手寫，成效加倍！

③ _____

fu to ru

脂肪和肉增多，身體變
得肥大。

④ _____

ya ku so ku su ru

指和對方商定將來的事。也指
其決定的內容。約定；又指某
個團體的規則。

⑤ _____

ko ta e

對來自對方的提問，用語言
或姿勢來回答。答覆；又指
分析問題得到的結果。答案。

助詞、指示詞

詞類的活用

句型

正確解答　⑤<ruby>答<rt>こた</rt></ruby>え　④<ruby>約束<rt>やくそく</rt></ruby>・する　③<ruby>太<rt>ふと</rt></ruby>る　②しかる　①<ruby>天気予報<rt>てんきよほう</rt></ruby>

21

ちゃ

にほんごのたんご

やる

他五 給，給予

不可以餵食動物。

動物にえさをやっ<u>ちゃ</u>だめです。

「ちゃ」是「ては」的縮略形式，也就是縮短音節的形式，一般是用在口語上。多用在跟自己比較親密的人，輕鬆交談的時候。其他還有「では」是「じゃ」，「てしまう」是「ちゃう」，「ておく」是「とく」，「なければ」是「なきゃ」等。

 其它例句

反対・する
名・自サ 相反；反對

你要是跟社長作對，我會很頭痛的。

あなたが社長に反対し<u>ちゃ</u>、困りますよ。

火
名 火

還不可以點火。

まだ、火をつけ<u>ちゃ</u>いけません。

僕
名 我(男性用)

這個工作非我做不行。

この仕事は、僕がやらなく<u>ちゃ</u>ならない。

間に合う
自五 來得及，趕得上；夠用

要是不搭計程車，就來不及了唷！

タクシーに乗らなく<u>ちゃ</u>、間に合わないですよ。

□ やる　□ 反対^{はんたい}・する　□ 火^ひ　□ 僕^{ぼく}　□ 間^まに合^あう

參考形、音、義在底線處寫出正確單字。

合格記憶三步驟：
① 發音練習
② 圖像記憶
③ 最完整字義解說

① _____

ma ni a u

在規定的時間內到達而沒有誤點。趕上時間的意思；又指可以滿足當時的需要。夠用。

② _____

ha n ta i su ru

指處於相反的關係。相反；又指與對方的想法等採取相反的態度。反對。

動手寫，成效加倍！

③ _____

hi

物質與氧化合發出熱和光燃燒的現象。也指當時發出的光、熱、火焰。

④ _____

ya ru

給同輩以下的人物品或金錢，使其擁有；也指給動物飼料或植物肥料。

⑤ _____

bo ku

男子指自己的詞的人稱代名詞。對同輩及其以下者使用。是一種通俗的說法。

助詞、指示詞

詞類的活用

句型

が

窗戶因颱風，而壞掉了。

壊れる
_{こわ}

台風で、窓が壊れました。
_{たいふう}　　_{まど}　_{こわ}

自下一 壞掉，損壞；故障

【體言】＋が。接在名詞的後面，表示後面的動作或狀態的主體。

其它例句

男性
_{だんせい}
名 男性

▶▶

那裡的那位男性，是我們的老師。

そこにいる男性が、私たちの先生です。
_{だんせい}　　_{わたし}　　_{せんせい}

番組
_{ばんぐみ}
名 節目

▶▶

新節目已經開始了。

新しい番組が始まりました。
_{あたら}　　_{ばんぐみ}　_{はじ}

湖
_{みずうみ}
名 湖，湖泊

▶▶

山上有湖泊。

山の上に、湖があります。
_{やま}　_{うえ}　　_{みずうみ}

ながら
接助 一邊…，同時…

▶▶

小孩邊哭邊跑過來。

子どもが、泣きながら走ってきた。
_こ　　　_な　　　　_{はし}

☑ 形音義記憶練習

□ 壊れる □ 男性 □ 番組 □ 湖 □ ながら
　こわ　　だんせい　　ばんぐみ　　みずうみ

參考形、音、義在底線處寫出正確單字。

合格記憶三步驟：
① 發音練習
② 圖像記憶
③ 最完整字義解說

① _____
ba n gu mi

廣播、比賽或歌唱等的
節目編排。

② _____
mi zu u mi

陸地上形成的有寬闊水域的
地方。

動手寫，成效加倍！

③ _____
na ga ra

前後接表示動作的動詞。表
示兩個動作同時進行著。後
面的動作為主要的動作。

④ _____
ko wa re ru

東西損壞或弄碎，變得不能使
用。毀壞；又指東西變舊或因
錯誤的用法，變得沒有用了。
故障。

⑤ _____
da n se e

在人的性別中，不能生孩子
的一方。通常指達到成年的
人。

助詞、指示詞

詞類的活用

句型

正確解答 ⑤男性　④壞れる　③ながら　②湖　①番組
　　　　　　だんせい　　こわ　　　　　　　　みずうみ　ばんぐみ

25

までに

にほんごのたんご

直(なお)る

自五 修好；改正；
治好

> 這輛車星期六以前能修好嗎？

この車(くるま)は、土曜日(どようび)までに直(なお)りますか。

【體言 · 動詞連體形】＋までに。接在表示時間的名詞後面，表示動作或事情的截止日期或期限。中文的意思是：「在…之前」、「到…時候為止」。「までに」跟「まで」意思是不一樣的喔！

 其它例句

なるべく
副 儘量，儘可能

▶▶

> 請儘量在明天以前完成。

なるべく明日(あした)までにやってください。

はず
形式名詞 應該；
會；確實

▶▶

> 他在年底前，應該會來日本。

彼(かれ)は、年末(ねんまつ)までに日本(にほん)にくるはずです。

それで
接續 因此；後來

▶▶

> 那麼，什麼時候結束呢？

それで、いつまでに終(お)わりますか。

今夜(こんや)
名 今晚

▶▶

> 今晚以前會跟你聯絡。

今夜(こんや)までに連絡(れんらく)します。

☑ 形音義記憶練習　　記住這些單字了嗎？

□ 直る　□ なるべく　□ はず　□ それで　□ 今夜

參考形、音、義在底線處寫出正確單字。

合格記憶三步驟：
① 發音練習
② 圖像記憶
③ 最完整字義解說

① _____
so re de

表示由於某種原因而導致某種結果；又用於對話，表示希望聽到下文催促對方說下去。後來。

② _____
na ru be ku

盡最大的力量，盡最大的可能。

動手寫，成效加倍！

③ _____
ha zu

表示那是理所當然的心情。應該；又表示預定。會；還表示確信的心情。確實。

④ _____
na o ru

把壞了的東西，變成理想的東西。修好；又指改掉壞毛病和習慣。改正；還指治好病或傷，恢復健康。治好。

⑤ _____
ko n ya

也就是「きょうの夜」(今天晚上)。

正確解答　①それで　②なるべく　③はず　④直る　⑤今夜

助詞、指示詞

詞類的活用

句型

27

數量詞＋も

にほんごのたんご

看護婦
かんごふ

名護士

> 我當護士已長達 30 年了。

私はもう 30 年も看護婦をしています。
わたし　　　　ねん　　　　かんごふ

⬆

【數量詞】＋も。前面接數量詞，用在強調數量很多、程度很高的時候。

其它例句

彼女
かのじょ

名她

> 她竟然喝了 5 瓶啤酒。
>
> ▶▶ **彼女はビールを 5 本も飲んだ。**
> かのじょ　　　　　　ほん　　の

億
おく

名億

> 蓋房子竟用掉了 3 億圓。
>
> ▶▶ **家を建てるのに、3 億円も使いました。**
> いえ　た　　　　　　おくえん　つか

集まる
あつ

自五 聚集，集合；集中

> 多達 1000 人，來參加派對。
>
> ▶▶ **パーティーに、1000 人も集まりました。**
> にん　あつ

間
あいだ

名中間；期間；之間

> 長達 10 年的時間，沒有聯絡了。
>
> ▶▶ **10 年もの間、連絡がなかった。**
> ねん　　あいだ　れんらく

☑ 形音義記憶練習

記住這些單字了嗎？

☐ 看護婦（かんごふ） ☐ 彼女（かのじょ） ☐ 億（おく） ☐ 集まる（あつまる） ☐ 間（あいだ）

參考形、音、義在底線處寫出正確單字。

合格記憶三步驟：
① 發音練習
② 圖像記憶
③ 最完整字義解說

① _____

ka n go fu

具有法律規定的資格，以
照料傷病患者，和協助醫
生為職業的女性。

② _____

a tsu ma ru

許多的人或物等，聚集到一
個地方。

動手寫，成效加倍！

③ _____

a i da

夾在兩物中間的部分；又指
一段連續的時間。也指其中
的某個時候；還指人與人的
關係。

④ _____

ka no jo

說話者或聽話者以外的女性。
又指男性眼裡的情人。

⑤ _____

o ku

10 進制的一萬的一萬倍的數。

正確解答　①看護婦（かんごふ）　②集まる（あつまる）　③間（あいだ）　④彼女（かのじょ）　⑤億（おく）

助詞、指示詞

詞類的活用

句型

29

ばかり

にほんごのたんご

嘘
うそ

名 謊言；錯誤

他老愛說謊。

彼は、嘘ばかり言う。
かれ　　　うそ　　　　　　い

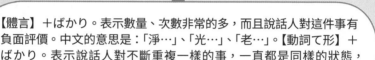

【體言】＋ばかり。表示數量、次數非常的多，而且說話人對這件事有負面評價。中文的意思是：「淨…」、「光…」、「老…」。【動詞て形】＋ばかり。表示說話人對不斷重複一樣的事，一直都是同樣的狀態，有負面的評價。

　其它例句

アルバイト（Arbit 德）▶▶
名 打工，副業

別光打工，也要唸書啊！

アルバイトばかりしていないで、勉強もしなさい。
べんきょう

漫画
まんが
名 漫畫　▶▶

光看漫畫，完全不看書。

漫画ばかりで、本はぜんぜん読みません。
まんが　　　　　　　ほん　　　　　　　　よ

ちっとも
副 一點也不…　▶▶

光吃甜點，青菜一點也不吃。

お菓子ばかり食べて、ちっとも野菜を食べない。
かし　　　た　　　　　　　　　やさい　　た

赤ちゃん
あか
名 嬰兒　▶▶

嬰兒只是哭著。

赤ちゃんは、泣いてばかりいます。
あか　　　　　な

☑ 形音義記憶練習

☐ 嘘（うそ）　☐ アルバイト　☐ 漫画（まんが）　☐ ちっとも　☐ 赤ちゃん（あか）

參考形、音、義在底線處寫出正確單字。

合格記憶三步驟：
① 發音練習
② 圖像記憶
③ 最完整字義解說

① _____
a ka cha n

剛出生的小孩。也用在
動物上。

② _____
ma n ga

以滑稽性為主，以單純的線
條和顏色描繪的畫，有時含
有社會諷刺意義或道理。

動手寫，成效加倍！

③ _____
u so

為了想讓人相信並非事實
的事情而說的話；又指不
正確的事。

④ _____
a ru ba i to

為了獲得收入，在正職或學習
之外從事的工作。

⑤ _____
chi tto mo

後接否定形式，表示「一點
兒也不…」。一般用來表示
程度，很少表示數量。含有
不滿的語氣。

正確解答　①赤ちゃん（あか）　②漫画（まんが）　③嘘（うそ）　④アルバイト　⑤ちっとも

でも

にほんごのたんご

明日（あす）
图 明天

> 如果今天很忙，那明天也可以喔！

今日（きょう）忙（いそが）しいなら、明日（あす）でもいいですよ。

【體言】＋でも。(1) 用於舉例。表示雖然含有其他的選擇，但還是舉出一個例子；(2) 先舉出一個極端的例子，再表示其他情況當然是一樣的。中文的意思是：「就連…也」。這裡是用法 (1)。

其它例句

家（か）
接尾 …家

> 這個問題，連專家也會被難倒吧！

この問題（もんだい）は、専門家（せんもんか）でも難（むずか）しいでしょう。

お帰（かえ）りなさい
寒暄 回來了

> 你回來啦。要不要喝杯茶？

お帰（かえ）りなさい。お茶（ちゃ）でも飲（の）みますか。

君（くん）
接尾 君

> 我在想是不是也邀請田中君。

田中君（たなかくん）でも、誘（さそ）おうかと思（おも）います。

コンサート（concert）
图 音樂會

> 要不要去參加音樂會？

コンサートでも行（い）きませんか。

參考形、音、義在<u>底線處</u>寫出正確單字。

合格記憶三步驟：
① 發音練習
② 圖像記憶
③ 最完整字義解說

① _____
ka

當接尾詞如「作家（さっか）」（作家）、「画家（がか）」（畫家）等表示擁有特殊才華或專業的人。

② _____
o ka e ri na sa i

迎接回來的人的寒暄語。用在家裡也用在公司等地方。

動手寫，成效加倍！

③ _____
a su

今天的下一天。比「あした」稍微鄭重的說法。

④ _____
ko n sa a to

在觀眾面前，用樂器演奏音樂及歌唱以娛樂觀眾的會。

⑤ _____
ku n

在招呼同輩、晚輩或部下時，接在姓名之下，表示輕微敬意的詞。

右側欄位：

助詞、指示詞

詞類的活用

句型

疑問詞＋でも

にほんごのたんご
**けんか
・する**

名・自サ 爭吵，打架

> 沒有人想吵架。
>
> ## <u>だれでも</u>けんかしたくはないですよ。

【疑問詞】＋でも。「でも」上接疑問詞，表示全面肯定或否定，也就是沒有例外，全部都是。句末大都是可能或容許等表現。中文意思是：「無論」、「不論」、「不拘」的意思。

 其它例句

そうだん
相談・する
名・自他サ 商量，商談

▶▶

> 什麼都可以找我商量。
>
> <u>なんでも</u>相談してください。

てつだ
手伝う
自他五 幫忙，幫助

▶▶

> 我隨時都樂於幫你的忙。
>
> <u>いつでも</u>手伝ってあげます。

み
見つける
他下一 發現，找到；目睹

▶▶

> 到哪裡都找不到工作。
>
> <u>どこでも</u>仕事を見つけることができませんでした。

せいかつ
生活・する
名・自サ 生活；生計

▶▶

> 我不管在哪裡都可以生活。
>
> <u>どんな</u>ところ<u>でも</u>生活できます。

☑ 形音義記憶練習

□けんか・する □相談(そうだん)・する □手伝(てつだ)う □見(み)つける □生活(せいかつ)・する

參考形、音、義在<u>底線</u>處寫出正確單字。

合格記憶三步驟：
① 發音練習
② 圖像記憶
③ 最完整字義解說

① _____

te tsu da u

對別人的工作等，出力
或出錢進行幫助。

② _____

mi tsu ke ru

發現在尋找的或需要的東
西。找到；也指看到人的
所在和所為。目睹。

動手寫，成效加倍！

③ _____

ke n ka su ru

都認為自己正確而互不相讓，
互相激烈地指責或毆打。

④ _____

se e ka tsu su ru

指在人類社會中活下去。生活；
又指繼續著每天生計的人生。

⑤ _____

so o da n su ru

就某一問題互相交換意見，
互相徵求意見，互相交談。

正確解答　① 手伝う　② 見つける　③ けんか・する　④ 生活・する　⑤ 相談・する

35

I [a,b] の中^{なか}から正^{ただ}しいものを選^{えら}んで、○をつけなさい。

① 今年^{ことし}の留学生^{りゅうがくせい}は、なぜ　(a. ああ　　b. こんなに)　少^{すく}ない
のですか。

② (a. そんな　　b. そう)　言^いわれても、私^{わたし}にはやはり難^{むずか}しいです。

③ (a. あんなに　　b. そんなに)　小^{ちい}さかった木^きが、こんなに
大^{おお}きくなってびっくりした。

④ そうしてもいいが、(a. どう　　b. こう)　することもできる。

⑤ (a. そんな　　b. そんなに)　優^{やさ}しくしないでください。

⑥ (a. こう　　b. こんな)　いい本^{ほん}を作^{つく}りたいです。

⑦ (a. ああ　　b. あんな)　見^みえて、彼^{かれ}はとても優^{やさ}しいです。

⑧ 「金曜日^{きんようび}の夜^{よる}、軽^{かる}く居酒屋^{いざかや}で一杯^{いっぱい}やらない?」「いいね。
(a. こう　　b. そう　)　しよう。」

II 下^{した}の文^{ぶん}を正^{ただ}しい文^{ぶん}に並^{なら}べ替^かえなさい。＿＿＿に数字^{すうじ}を書^かきなさい。

① 僕^{ぼく}の妹^{いもうと}が ＿＿＿ ＿＿＿ ＿＿＿ ＿＿＿ ない。

　　1. が　　2. わけ　　3. こんなに　　4. 可愛^{かわい}い

② 私^{わたし} ＿＿＿ ＿＿＿ ＿＿＿ ＿＿＿ 見^みないでください。

　　1. を　　2. で　　3. 目^め　　4. そんな

③ 彼^{かれ}は ＿＿＿ ＿＿＿ ＿＿＿ だ。

　　1. ああ　　2. 怒^{おこ}る　　3. いつも　　4. と

練習を
しましょう 複習① **單字題 I**

I [a～e]の中から適当な言葉を選んで、（　　　）に入れなさい。

a. 真ん中	b. 表	c. 以外	d. 間	e. 手前

① 13日から16日の（　　　　　　　　）はお盆休みです。

② おにぎりの（　　　　　　　　）には、祖母の手作りの梅干しが
入っていました。

③ 地球（　　　　　　　　）の星にも、人が住めると信じています。

④ この葉書の（　　　　　　　　）に、切手を貼ってください。

a. 湖	b. 県	c. 国際	d. 坂	e. 国内

① 神社はこの（　　　　　　　　）を上った所にあります。

② 私は1周10キロのこの（　　　　　　　　）の周りをよく走って
います。

③ 近年、日本（　　　　　　　　）で働く外国人の数が増えています。

④ 相模川を渡ると、山梨（　　　　　　　　）があります。

II [a～e]の中から適当な言葉を選んで、（　　　）に入れなさい。
（必要なら形を変えなさい）

a. 暮れる	b. 間に合う	c. 起こす	d. 朝寝坊する	e. 急ぐ

① 日が（　　　　　　　　）空が少しずつ暗くなっていきました。と
てもきれいでした。

② 今日、（　　　　　　　　）学校に遅刻しました。

③ とても（　　　　　　　　）いたので、傘をどこかに置き忘れてしまいました。

④ 交通事故を（　　　　　　　　）ように、十分気をつけて運転しましょう。

練習を
しましょう　複習①　**文法題 II**

I [a,b] の中から正しいものを選んで、〇をつけなさい。

① まだ、帰 (a. っちゃ　　b. ちゃう) いけません。

② 明日 (a. にまで　　b. までに) 仕事を終わらせます。

③ 私の好きなパンは売れ (a. ちゃった　　b. じゃった) よ。

④ トラック (a. に　　b. が) スピードを上げて通った。

⑤ あ、もう8時！仕事に行か (a. なくちゃ　　b. ときゃ)。

⑥ 地震で、家 (a. が　　b. を) 倒れました。

⑦ 母はあまいものを食べて (a. ばかり　　b. だけ) います。

⑧ 彼はお酒 (a. しか　　b. ばかり) 飲んでいます。

II 下の文を正しい文に並べ替えなさい。＿＿＿に数字を書きなさい。

① お酒をそんなに ＿＿＿ ＿＿＿ ＿＿＿ ＿＿＿ だ。
　　1. 飲ん　　2. たくさん　　3. だめ　　4. じゃ

② その男の子達は ＿＿＿ ＿＿＿ ＿＿＿ ＿＿＿ いる。
　　1. して　　2. いつも　　3. ばかり　　4. テレビゲーム

③ 小鳥 ＿＿＿ ＿＿＿ ＿＿＿ ＿＿＿ 止まっています。
　　1. 牛の　　2. に　　3. 背中　　4. が

I　[a～e]の中から適当な言葉を選んで、（　　）に入れなさい。

a. 男性	**b. 彼ら**	**c. 人口**	**d. 彼女**	**e. 皆**

① 田舎の若者（　　　　　　　　）はどんどん少なくなっています。

② 僕は先月、3年付き合っていた（　　　　　　　　）と別れました。

③ 彼のように強くて優しい（　　　　　　　　）になりたいです。

④ すみません、これら（　　　　　　　　）ください。

II　[a～e]の中から適当な言葉を選んで、（　　）に入れなさい。
（必要なら形を変えなさい）

a. 優しい	**b. 細かい**	**c. 失礼**	**d. 自由**	**e. 熱心**

① （　　　　　　　　）ことまではよく覚えていません。

② 日本語の試験が近いので、学生は（　　　　　　　　）に勉強して
います。

③ 人に（　　　　　　）したら、何倍にもなって自分に幸せが
返ってきます。

④ （　　　　　　　　）ですが、お名前を教えていただけますか。

a. 止まる	**b. 降りる**	**c. 注意する**	**d. 踏む**	**e. 戻る**

① 急に電車が揺れて、人の足を（　　　　　　　　）しまいました。

② 道路を渡るときは車に（　　　　　　　　）ください。

③ 台風で電車は（　　　　　　　）まま動きませんでした。

④ 大阪駅で電車を（　　　　　　　　）、バスに乗りました。

助詞、指示詞

詞類的活用

句型

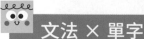

疑問詞＋か

にほんごのたんご
おっしゃる

他五 說，講，叫

您說什麼呢？

なにかおっしゃいましたか。

【疑問詞】＋か。「か」上接「なに、どこ、いつ、だれ」等疑問詞，表示不肯定的、不確定的，或是沒必要說明的事物。用在不特別指出某個物或事的時候。還有，後面的助詞經常被省略。

 其它例句

景色
け　しき
名 景色，風景　▶▶

想去風景好的地方。

どこか景色のいいところへ行きたい。

研究室
けんきゅうしつ
名 研究室　▶▶

研究室裡好像有人。

研究室にだれかいるようです。

卒業・する
そつぎょう
名・他サ 畢業　▶▶

總有一天會畢業的。

いつか卒業できるでしょう。

こっち
名 這裡，這邊　▶▶

這裡有一隻有趣的鳥。

こっちに、なにか面白い鳥がいます。

☑ 形音義記憶練習

記住這些單字了嗎？

☐ おっしゃる ☐ 景色 ☐ 研究室 ☐ 卒業・する ☐ こっち

參考形、音、義在<u>底線</u>處寫出正確單字。

合格記憶三步驟：
① 發音練習
② 圖像記憶
③ 最完整字義解說

① _____
ke n kyu u shi tsu

「研究」是指認真調查並深入思考事物的本質、事實、道理等動作。「研究室」是進行研究的地方。

② _____
ke shi ki

山、川、海等大自然的景觀。

動手寫，成效加倍！

③ _____
so tsu gyo o su ru

指學完必修的全部課程，離開學校。畢業；又指充分地做過該事，已經沒有心思和必要再做。

④ _____
o ssha ru

「言う」（說）的敬語。

⑤ _____
ko cchi

「こちら」（這邊）的通俗說法。指示靠近說話者的方向、場所、事物等。

正確解答  ⑤こっち ④おっしゃる ③卒業・する ②景色 ①研究室
けしき そつぎょう けんきゅうしつ

助詞、指示詞

詞類的活用

句型

41

とか

にほんごのたんご
引き出し
名 抽屜

抽屜中有鉛筆跟筆等。

引き出しの中には、鉛筆とかペンとかがあります。

【體言・用言終止形】＋とか＋【體言・用言終止形】＋とか。「とか」上接人或物相關的名詞之後，表示從各種同類的人事物中選出一、兩個例子來說，或羅列一些事物。是口語的說法。「…啦…啦」、「…或…」、「及…」的意思。

其它例句

てんらんかい
展覧会
名 展覽會
▶▶

展覽會啦、音樂會啦，我都常去參加。

展覧会とか音楽会とかに、よく行きます。

ぬ
塗る
他五 塗抹，塗上
▶▶

紅的啦、藍的啦，塗上了各種顏色。

赤とか青とか、いろいろな色を塗りました。

だい
代
接尾（年齡範圍）…多歲
▶▶

這件衣服是為3、40多歲的人做的。

この服は、30代とか40代とかの人のために作られました。

ちり
地理
名 地理
▶▶

我對日本地理或歷史不甚了解。

私は、日本の地理とか歴史とかについてあまり知りません。

☑ 形音義記憶練習

記住這些單字了嗎？

□ 引^ひき出^だし　□ 展覧会^{てんらんかい}　□ 塗^ぬる　□ 代^{だい}　□ 地理^{ちり}

參考形、音、義在底線處寫出正確單字。

合格記憶三步驟：
① 發音練習
② 圖像記憶
③ 最完整字義解說

助詞、指示詞

① _____

da i

30代

接在數字後面，表示年齡的範圍。

② _____

chi ri

全世界或某一國家和地區的，地形和氣候等自然環境，以及人口、城市、產業、文化的狀況。地理。

動手寫，成效加倍！

③ _____

te n ra n ka i

把作品或物品等陳列起來，讓多數人看的展示會。

詞類的活用

④ _____

hi ki da shi

安裝在桌子和衣櫃上的能夠抽出的盒子。

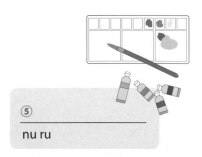

⑤ _____

nu ru

句型

把液體或糊狀物塗在物體表面上。

正確解答　⑤塗る　④引き出し　③展覧会　②地理　①代

43

し

にほんごのたんで

すく

国 飢餓

肚子也餓了，口也渴了。

おなかもすいたし、のどもかわきました。

【用言終止形】＋し。用在並列陳述性質相同的複數事物，或說話人認為兩事物是有相關連的時候。中文的意思是：「既…又…」、「…而且…」；也表示理由，並暗示還有其他理由。是一種語氣委婉，且前因後果的關係沒有「から」跟「ので」那麼緊密。

 其它例句

背中
名 背部，背面

背也痛，腳也酸了。

背中も痛いし、足も疲れました。

最近
名·副 最近

她最近既不唸書也不去玩。

彼女は最近、勉強もしないし、遊びにも行きません。

盛ん
形動 繁盛，興盛；熱烈

這小鎮工業跟商業都很興盛。

この町は、工業も盛んだし商業も盛んだ。

それに
接續 而且，再者

這電影不僅有趣，又能從中學到歷史。

その映画は面白いし、それに歴史の勉強もできます。

☑ **形音義記憶練習**

□ すく　□ 背中　□ 最近　□ 盛ん　□ それに

參考形、音、義在<u>底線處</u>寫出正確單字。

先週から

① _____
sa i ki n

比現在稍前。也指從稍前到現在的期間。

合格記憶三步驟：
① 發音練習
② 圖像記憶
③ 最完整字義解說

② _____
sa ka n

表示有氣勢，精力充沛的樣子。興盛；又指積極地進行某種活動的樣子。熱烈。

動手寫，成效加倍！

③ _____
su ku

肚子餓，想吃東西。

④ _____
so re ni

連接詞或句子，表示添加。追加與上述事物相同的事物時用的詞。

⑤ _____
se na ka

胸部和腹部的相反一面。身體的後側，從肩到腰的部分。

助詞、指示詞

詞類的活用

句型

ので

にほんごのたんご

試験
しけん

名・他サ 考試

因為有考試，我要唸書。

試験があるので、勉強します。
しけん　　　　　　　　べんきょう

【名詞な；形容動詞語幹な；用言連體形】＋ので。客觀地敘述前後兩項事的因果關係，前句是原因，後句是因此而發生的事。強調的重點在後面。中文的意思是：「因為…」。

　其它例句

寂しい
さび

形 孤單；寂寞　▶▶

因為我很寂寞，過來坐坐吧！

寂しいので、遊びに来てください。
さび　　　　　　　あそ　　　き

簡単
かんたん

形動 簡單　▶▶

因問題很簡單，我自己可以處理。

簡単な問題なので、自分でできます。
かんたん　もんだい　　　　じぶん

再来月
さらいげつ

名 下下個月　▶▶

下下個月要回國，所以正在準備行李。

再来月国に帰るので、準備をしています。
さらいげつくに　かえ　　　　じゅんび

急行
きゅうこう

名・自サ 急行；
快車　▶▶

因為搭乘快車，所以提早到了。

急行に乗ったので、早く着いた。
きゅうこう　の　　　　　　はや　つ

☑ 形音義記憶練習

☐ 試験^{しけん}　☐ 寂しい^{さび}　☐ 簡単^{かんたん}　☐ 再来月^{さらいげつ}　☐ 急行^{きゅうこう}

參考形、音、義在底線處寫出正確單字。

合格記憶三步驟：
① 發音練習
② 圖像記憶
③ 最完整字義解說

① _____

shi ke n

出題要求解答，按成績
判定學歷和能力，再給
予評價。

② _____

sa ra i ge tsu

「来月」是下個月，「再来
月」是下下個月。

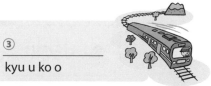

③ _____

kyu u ko o

指急忙趕到目的地。急驅；
又指「急行^{きゅうこうれっしゃ}列車」的簡稱。
快車。

動手寫，成效加倍！

④ _____

sa bi shi i

感到孤獨、內心空虛而得不到
滿足。這種孤獨感帶有悲哀。
空虛；肅靜蕭條，使人感到冷
清。寂寞。

⑤ _____

ka n ta n

事物不複雜，容易處理。

助詞、指示詞

詞類的活用

句型

正確解答 ⑤簡単 ④寂しい ③急行 ②再来月 ①試験

47

のに

にほんごのたんご
うまい

形 好吃；拿手

他網球打得好，但高爾夫卻打不好。

彼はテニスはうまい**のに**、ゴルフは下手です。

「のに」表示前後的因果關係，由於事出意外、不應該、不合邏輯等。
表示「雖然…卻」、「居然…」的意思。

　其它例句

急ぐ
自五 急忙；快走

▶▶

雖然趕來了，但上課還是遲到了。

急いだ**のに**、授業に遅れました。

子
名 孩子

▶▶

我家小孩才5歲，卻很會彈琴。

うちの子は、まだ5歳**なのに**ピアノがじょうずです。

暮れる
自下一 日暮；年終

▶▶

天都黑了，孩子們卻還在玩。

日が暮れた**のに**、子どもたちはまだ遊んでいる。

冷える
自下一 變冷；變冷淡

▶▶

晚上會冷，沒有毛毯嗎？

夜は冷える**のに**、毛布がないのですか。

☑ 形音義記憶練習

□うまい □急ぐ □子 □暮れる □冷える

參考形、音、義在底線處寫出正確單字。

合格記憶三步驟：
① 發音練習
② 圖像記憶
③ 最完整字義解說

① _____

hi e ru

溫度下降。也指這樣的感覺。變冷；又指以前很好的關係變得冷淡起來。變冷淡。

② _____

i so gu

為盡快做某事而加快速度；想快速前進而加快走路的速度。

動手寫，成效加倍！

③ _____

u ma i

表示食物可口的樣子；又表示技術高超、想法或作法巧妙。

④ _____

ko

指父母生的（一般指哺乳類）孩子。

⑤ _____

ku re ru

傍晚，太陽落山，天黑下來。日暮；又指年終。

正確解答 ①ひえる ②いそぐ ③うまい ④こ ⑤暮れる

助詞、指示詞

詞類的活用

句型

49

の

いってらっ
しゃい

路上小心啊！幾點回來呢？

> いってらっしゃい。何時
> に帰る<u>の</u>。

寒暄 慢走，好走

【句子】＋の。在句尾，用升調表示發問，一般是用在對兒童，或關係比較親密的人。是婦女或兒童用言。中文的意思是：「…嗎」。

 其它例句

会議
名 會議

▶▶
會議已經結束了嗎？

会議はもう終わった<u>の</u>。

かっこう
名 外表，裝扮

▶▶
你要穿那樣出去嗎？

そのかっこうで出かける<u>の</u>。

君
名 你

▶▶
你將來想做什麼？

君は、将来何をしたい<u>の</u>。

騒ぐ
自五 吵鬧，喧
囂；歡樂

▶▶
是誰在教室裡吵鬧的？

教室で騒いでいるのは、誰な<u>の</u>。

☑ 形音義記憶練習

□ いってらっしゃい □ 会議 _{かい ぎ} □ かっこう □ 君 _{きみ} □ 騒ぐ _{さわ}

參考形、音、義在底線處寫出正確單字。

合格記憶三步驟：
① 發音練習
② 圖像記憶
③ 最完整字義解說

① ＿＿＿＿＿＿＿
ka kko o

從外部看到的形狀、姿態或樣子。外表。

② ＿＿＿＿＿＿＿
sa wa gu

發出吵雜聲，使不安靜。吵鬧；又指熱熱鬧鬧地遊戲。歡樂。可以用一人和多人時。

動手寫，成效加倍！

③ ＿＿＿＿＿＿＿
i tte ra ssha i

對要出門的人說的寒暄語。含有路上小心的意思。

④ ＿＿＿＿＿＿＿
ka i gi

指多數人聚集一起，對某問題進行商議。

⑤ ＿＿＿＿＿＿＿
ki mi

稱呼同輩或晚輩的對方的詞。一般用在男性上。

正確解答　⑤ 君_{きみ}　④ 会議_{かいぎ}　③ いってらっしゃい　② 騒ぐ_{さわ}　① かっこう

助詞、指示詞

詞類的活用

句型

51

だい（語尾）

にほんごのたんご

式
しき

接尾 …典禮

開學典禮的禮堂在哪裡？

にゅうがくしき　かいじょう
入学式の会場はどこだい。

【句子】＋だい。接在疑問詞或含有疑問詞的句子後面，表示向對方詢問的語氣。有時也含有責備或責問的口氣。男性用言，用在口語，說法較為老氣。

 其它例句

さっき
名·副 剛剛，剛才

剛才在這裡的是誰？

▶▶ さっきここにいたのは、だれだい。

趣味
しゅみ
名 嗜好；情趣

你的嗜好是什麼？

▶▶ きみ　しゅみ　なん
君の趣味は何だい。

退院・する
たいいん
名·自サ 出院

他什麼時候出院的？

▶▶ かれ　たいいん
彼が退院するのはいつだい。

田舎
いなか
名 鄉下

你鄉下母親的身體還好吧？

▶▶ いなか　ちょうし
田舎のおかあさんの調子はどうだい。

☑ 形音義記憶練習

記住這些單字了嗎？

□式 □さっき □趣味 □退院・する □田舎
_{しき} _{しゅみ} _{たいいん} _{いなか}

參考形、音、義在底線處寫出正確單字。

合格記憶三步驟：
① 發音練習
② 圖像記憶
③ 最完整字義解說

① _____

i na ka

與城市不同，田地和山林多的地方。

② _____

sa kki

表示極近的過去。也就是剛才的意思。多用於日常會話中。

動手寫，成效加倍！

③ _____

ta i in su ru

指住院的人病好了，離開醫院，回到家裡。

④ _____

shi ki

接在「結婚」、「卒業」等詞後面表示其儀式。
_{けっこん} _{そつぎょう}

⑤ _____

shu mi

不是做為職業或工作，而是作為興趣從事的事。

助詞、指示詞

詞類的活用

句型

かい（語尾）

にほんごのたんご

役に立つ

圓 有幫助，有用

那辭典有用嗎？

その辞書は役に立つかい。

【句子】＋かい。表示親暱的疑問。有「…嗎」的意思。

其它例句

指輪

名 戒指

想要戒指做紀念嗎？

▶▶ 記念の指輪がほしいかい。

方

名 …方，邊

比較喜歡法國料理嗎？

▶▶ フランス料理のほうが好きかい。

見つかる

自五 被發現；
找到

錢包找到了嗎？

▶▶ 財布は見つかったかい。

花見

名 賞花

賞花有趣嗎？

▶▶ 花見は楽しかったかい。

□ 役に立つ　□ 指輪　□ 方　□ 見つかる　□ 花見
やく に た　　ゆび わ　　ほう　　み　　　　　　 はな み

參考形、音、義在底線處寫出正確單字。

A or B

① _____
ho o

指相比較的一方。

合格記憶三步驟：
① 發音練習
② 圖像記憶
③ 最完整字義解說

② _____
ha na mi

指觀賞櫻花盛開的美景。

動手寫，成效加倍！

③ _____
ya ku ni ta tsu

表示有用，幫得上忙。

④ _____
yu bi wa

套在手指上做裝飾，或紀念用的指環。

⑤ _____
mi tsu ka ru

被發現，被看到；又指能找到。

正確解答　⑤見つかる　④指輪　③役に立つ　②花見　①方

助詞、指示詞

詞類的活用

句型

55

I [a,b] の中から正しいものを選んで、○をつけなさい。

① 田中先生はおもしろい （a. で　　b. し）、みんなに親切だ。

② 休みの日はドラマ （a. とか　　b. と） 映画 （a. とか
　 b. と） を、よく見ます。

③ そんなに急いでどこ行くん （a. か　　b. だい）。

④ 頭も痛い （a. し　　b. が）、熱もある。

⑤ だれがこれを作ったん （a. かい　　b. だい）。

⑥ 今は仕事もない （a. や　　b. し）、お金もない （a. や
　 b. し）、生活が大変です。

⑦ この服は、10代 （a. し　　b. とか） 20代 （a. とか
　 b. し） の人のために作られました。

⑧ どうしてあの子は泣いている （a. の　　b. なの）？

II 下の文を正しい文に並べ替えなさい。＿＿＿＿に数字を書きなさい。

① ＿＿＿ ＿＿＿ ＿＿＿ ＿＿＿ 忙しいし、でも楽しいです。

　　1. し　　2. は　　3. 寒い　　4. クリスマス

② ねる前は、コーヒーとか ＿＿＿ ＿＿＿ ＿＿＿
　 飲まないほうがいいです。

　　1. とか　　2. お茶　　3. を　　4. あまり

③ アルバイトの時給 ＿＿＿ ＿＿＿ ＿＿＿ ＿＿＿。

　　1. ぐらい　　2. だい　　3. は　　4. いくら

56

練習を しましょう 複習② 単字題

Ⅰ [a～e]の中から適当な言葉を選んで、（　　）に入れなさい。

| a. 社会 | b. 西洋 | c. 田舎 | d. 地理 | e. 町 |

① 横浜の桜木（　　　　　　　　）に住んで、8年になりました。

② 私は（　　　　　　　　）の文化や歴史に興味があります。

③ 木村さんは2年前に学校を卒業して、（　　　　　　　）に出ました。

④ ここは山の中、（　　　　　　　）です。車がなくて、買い物が不便です。

| a. 将来 | b. 再来月 | c. 今度 | d. さっき | e. 最初 |

① 山下さんは（　　　　　　）出かけましたから、ここにはいません。

② （　　　　　　　）は嫌だったが、今は恋人になりました。

③ まだつらい日々ですが、明るい（　　　　　　）を信じて進みましょう。

④ （　　　　　　　）の日曜日は彼女と遊びに行くつもりです。

| a. いってらっしゃい | b. 行って参ります | c. おめでとうございます |
| d. お待たせしました | e. ようこそ |

① 今日はお忙しい中、皆様（　　　　　　　）いらっしゃいました。

② （　　　　　　），今日も1日頑張ってね。

③ では、私は明日東京へ出張に（　　　　　　）。

④ （　　　　　　）。こちらが北京ダックです。

助詞、指示詞

詞類的活用

句型

な（禁止）

にほんごのたんご

無理
（むり）

生病時不要太勉強。

病気のときは、無理をするな。

形動 不合理；勉強；逞強；強求

【動詞連用形】＋な。表示禁止。命令對方不要做某事的說法。由於說法比較粗魯，所以大都是直接面對當事人說。一般用在對孩子、兄弟姊妹或親友時。也用在遇到緊急狀況或吵架的時候。中文的意思是：「不准…」、「不要…」。

其它例句

ひどい
形 殘酷；過分；非常

別說那麼過分的話。

そんなひどいことを言うな。

負ける（ま）
自下一 輸；屈服

加油喔！千萬別輸了！

がんばれよ。ぜったい負けるなよ。

恥ずかしい（は）
形 丟臉，害羞；難為情

即使失敗了也不用覺得丟臉。

失敗（しっぱい）しても、恥ずかしいと思（おも）うな。

ごみ
名 垃圾

別把垃圾丟在路邊。

道（みち）にごみを捨（す）てるな。

參考形、音、義在底線處寫出正確單字。

合格記憶三步驟：
① 發音練習
② 圖像記憶
③ 最完整字義解說

① _____

ha zu ka shi i

自己的缺失被人發現，感到失去面子的樣子。害羞；又高興又為難，不知作何表情才好。難為情。

動手寫，成效加倍！

② _____

ma ke ru

與對手交鋒而戰敗。敗。輸；又指抵不住而屈服。屈服。

③ _____

go mi

塵土、廢紙或剩菜剩飯等，骯髒而沒有用的東西。

④ _____

mu ri

指不合情理。不合理；又指一般說來是很難辦的。勉強；還指硬要去做。強求。

⑤ _____

hi do i

表示殘酷無情到不忍目睹的樣子；又表示非常壞的樣子；還表示程度極高的樣子。

助詞、指示詞

詞類的活用

句型

さ（暑さ）

にほんごのたんご

けれど・けれども

接助 但是

> 那裡夏天的酷熱非常難受，但冬天很舒服。

夏の暑さは厳しいけれど、冬は過ごしやすいです。

「さ」接在形容詞、形容動詞的詞幹後面等構成名詞，表示程度或狀態。也接跟尺度有關的如「長さ、深さ、高さ」等，這時候一般是跟大有關的形容詞。

 其它例句

心
名 內心；心地；想法；心情

> 他善良的心地，叫人很感動。
> 彼の心の優しさに、感動しました。

政治
名 政治

> 談及了政治的難處。
> 政治のむずかしさについて話しました。

大事
名・形動 保重；重要

> 領悟到健康的重要性。
> 健康の大事さを知りました。

ナイロン（nylon）
名 尼龍

> 尼龍的耐用性，改變了女性的時尚。
> ナイロンの丈夫さが、女性のファッションを変えた。

☑ 形音義記憶練習

□けれど・けれども　□心（こころ）　□政治（せいじ）　□大事（だいじ）　□ナイロン

參考形、音、義在底線處寫出正確單字。

合格記憶三步驟：
① 發音練習
② 圖像記憶
③ 最完整字義解說

① _____

da i ji

當作寶貴的東西，精心珍重地照管著。保重；又指比什麼都有意義，而且重要。重要。

② _____

ke re do・ke re do mo

連接在意思相對立的兩個句子；又指對比地敘述兩件事情，表示逆接。

動手寫，成效加倍！

③ _____

na i ro n

一種合成纖維。用煤等製成，輕而結實，不怕水，但怕熱。

④ _____

se e ji

國家主權者，根據其權力治理領土和人民的一切活動。

⑤ _____

ko ko ro

精神。也就是智、情、意作用的整體。心靈。內心；又指心情，主要是指感情的作用。

正確解答 ⑤心（こころ）　④政治（せいじ）　③ナイロン　②けれど・けれども　①大事（だいじ）

61

らしい

にほんごのたんご
お嬢さん

图 您女兒；小姐；
千金小姐

> 您女兒非常淑女呢！

お嬢さんは、とても女ら
しいですね。

【動詞、形容詞終止形 ‧ 形容動詞詞幹 ‧ 體言】＋らしい。從眼前
可見的事物狀況來進行判斷。「好像…」、「似乎…」之意；或從聽到
的內容進行推測，含有責任不在自己的語氣。「說是…」之意；也指
充分反應事物的特徵或性質。「像…樣子」、「有…風度」之意。此為
第 3 種用法。

 其它例句

かれ
彼ら
图 他們

> 他們真是男子漢。
>
> 彼らは本当に男らしい。

オートバイ
（auto bike 和製英文）
图 摩托車

> 那輛摩托車好像是他的。
>
> そのオートバイは、彼のらしい。

かた
方
图 人 (敬)，
位

> 新來的老師，好像是那邊的那位。
>
> 新しい先生は、あそこにいる方らしい。

きしゃ
汽車
图 火車

> 那好像是開往青森的火車。
>
> あれは、青森に行く汽車らしい。

62

☑ 形音義記憶練習

記住這些單字了嗎?

□お嬢さん　□彼ら　□オートバイ　□方　□汽車

參考形、音、義在底線處寫出正確單字。

合格記憶三步驟:
① 發音練習
② 圖像記憶
③ 最完整字義解說

①
_____
ka re ra

指「あの人たち」,他們
(她們)。

②
_____
o jo o sa n

對他人女兒的尊稱。您女
兒;又指對未婚年輕女性
的稱呼。小姐;還指嬌生
慣養的千金小姐。

③
_____
ki sha

由蒸氣機車牽引,行駛
在鐵路上的列車。火車。

動手寫,成效加倍!

④
_____
o o to ba i

靠發動機開動的兩輪車。

⑤
_____
ka ta

指「人」。對該人充滿尊敬心
情時說的詞語。

助詞、指示詞

詞類的活用

句型

正確解答 ①彼ら ②お嬢さん ③汽車 ④オートバイ ⑤方

63

がる（がらない）

にほんごのたんご

残念
ざんねん

名・形動 遺憾，可惜

因為你沒來，大家都感到很遺憾。

あなたが来ないので、みんな残念がっています。
こ
ざんねん

【形容詞、形容動詞詞幹】＋がる（がらない）。表示某人說了什麼話或做了什麼動作，給說話人留下這種想法、這種感覺、想這樣做的印象。「がる」的主體一般是第三人稱。表示現在的狀態用「ている」形，也就是「がっている」。以「を」表示對象。中文的意思是：「覺得…」、「想要…」。

 其它例句

**プレゼント
（present）**

名 禮物

孩子們收到禮物，感到欣喜萬分。

子どもたちは、プレゼントをもらって嬉しがる。
こ　　　　　　　　　　　　　　　うれ

泥棒
どろぼう

名 偷竊；小偷，竊賊

因害怕遭小偷，所以上了很多道鎖。

泥棒を怖がって、鍵をたくさんつけた。
どろぼう　こわ　　　　　かぎ

亡くなる
な

他五 去世，死亡

爺爺過世了，大家都很哀傷。

おじいちゃんがなくなって、みんな悲しがっている。
かな

こと

名 事情；事件；說的話

說了滑稽的事，卻沒人覺得有趣。

おかしいことを言ったのに、だれも面白がらない。
い　　　　　　　　　　　　おも しろ

☑ 形音義記憶練習

☐ 残念（ざんねん）　☐ プレゼント　☐ 泥棒（どろぼう）　☐ 亡くなる（な）　☐ こと

參考形、音、義在底線處寫出正確單字。

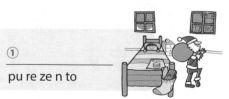

合格記憶三步驟：
① 發音練習
② 圖像記憶
③ 最完整字義解說

① _____

pu re ze n to

指贈送禮品。也指禮品。

② _____

na ku na ru

去世的婉轉的說法。是一種避免露骨說「死ぬ」的鄭重的說法。

動手寫，成效加倍！

③ _____

ko to

具有能夠替換事件、事實、事項、情形、事態等詞中的任何一個詞義的。事情。事實。

④ _____

za n ne n

事物發展不能如願，留下不滿足的心情。

⑤ _____

do ro bo o

指盜竊別人的財物。也指盜竊者。

正確解答　⑤泥棒（どろぼう）　④残念（ざんねん）　③こと　②亡くなる（なくなる）　①プレゼント

たがる

にほんごのたんご

寄る
（よ）

自五 順道去…；
接近

他回公司途中總喜歡順道去咖啡店。

彼は、会社の帰りに喫茶店に寄りたがります。
（かれ）（かいしゃ）（かえ）（きっさ）（てん）（よ）

【動詞連用形】＋たがる。用在表示第三人稱，顯露在外表的願望或希望。是「動詞連用形」＋「たい的詞幹」＋「がる」來的。中文的意思是：「想…」、「願意…」。

 其它例句

理由
（りゆう）
名 理由，原因　▶▶

她不想說理由。

彼女は、理由を言いたがらない。
（かのじょ）（りゆう）（い）

文化
（ぶんか）
名 文化；文明　▶▶

他想多了解外國的文化。

彼は外国の文化について知りたがる。
（かれ）（がいこく）（ぶんか）（し）

朝寝坊・する
（あさねぼう）
名・自サ 賴床；愛賴床的人　▶▶

我兒子老愛賴床。

うちの息子は、朝寝坊をしたがる。
（むすこ）（あさねぼう）

利用・する
（りよう）
名・他サ 利用　▶▶

他為什麼不想使用圖書館呢？

彼が図書館を利用したがらないのは、なぜですか。
（かれ）（としょかん）（りよう）

□ 寄^よる　□ 理^り由^{ゆう}　□ 文^{ぶん}化^か　□ 朝^{あさ}寝^ね坊^{ぼう}・する　□ 利^り用^{よう}・する

參考形、音、義在底線處寫出正確單字。

合格記憶三步驟：
① 發音練習
② 圖像記憶
③ 最完整字義解說

助詞、指示詞

① _____

yo ru

指前往目的地的時候，途中順便去別的地方。順路到；又指靠近，接近。

② _____

a sa ne bo o su ru

指早晨睡到很晚。也指這種人。

動手寫，成效加倍！

詞類的活用

③ _____

bu n ka

學問和藝術等由人類的精神活動所創造的財富。文化；又指社會的開化、進步。文明。

④ _____

ri yo o su ru

指使用時使其充分發揮作用。利用；又指為自己的利益使用什麼作為手段。

⑤ _____

ri yu u

為什麼會那樣的理由。

句型

MEMO

Lesson 2

詞類的活用

（ら）れる

我的錢被偷了。

にほんごのたんご
盗む
他五 偷盜，盜竊

お金を盗まれました。
（かね）（ぬす）

【一段動詞、カ變動詞未然形】＋られる；【五段動詞未然形 ・ サ變動詞未然形さ】＋れる。(1) 直接被動，表直接承受別人的動作；或指社會活動等普遍為人所知的事；表達社會對作品、建築等的接受方式。(2)間接被動。間接承受某人的動作，使得身體等受到麻煩；因天氣等自然現象的作用，間接受影響。中文是：「被…」。這裡是用法（1）。

 其它例句

被狗咬了。

かむ
他五 咬

▶▶ **犬にかまれました。**
（いぬ）

被媽媽罵了一頓！

怒る（おこ）
自五 生氣；斥責

▶▶ **母に怒られた。**
（はは）（おこ）

你被誰欺負了？

苛める（いじ）
他下一 欺負，虐待

▶▶ **誰にいじめられたの。**
（だれ）

失敗而被大家譏笑。

笑う（わら）
自五 笑；譏笑

▶▶ **失敗して、みんなに笑われました。**
（しっぱい）（わら）

70

☑ 形音義記憶練習

□ 盗む　□かむ　□ 怒る　□ 苛める　□ 笑う
　ぬす　　　　　　　　おこ　　いじ　　　わら

參考形、音、義在<u>底線</u>處寫出正確單字。

合格記憶三步驟：
① 發音練習
② 圖像記憶
③ 最完整字義解說

①
_____

wa ra u

感到高興或可笑時，自然喜形於色或發出聲音笑；又指作為嘲笑的對象。譏笑。

②
_____

ka mu

用上下牙夾住東西，切斷或磨碎。

動手寫，成效加倍！

③
_____

nu su mu

不讓人發現地拿別人的東西，據為己有。

④
_____

o ko ru

因為有不如意的事，而使心情控制不住。生氣；對後輩的不良行為或態度嚴厲批評。斥責。

⑤
_____

i ji me ru

對待比自己弱的人，有意施加痛苦，從而體味其中的愉快。

正確解答　①笑う（わらう）　②かむ　③盜む（ぬすむ）　④怒る（おこる）　⑤苛める（いじめる）

71

お／ご〜になる

昨晩有好好休息了嗎？

昨日は、十分お休みになりましたか。

にほんごのたんご
十分
(じゅうぶん)

副・形動 充分，足夠

【お動詞連用形；ごサ變動詞詞幹】＋になる。動詞尊敬語的形式。表示對對方或話題中提到的人物的尊敬。這是為了表示敬意而抬高對方行為的表現方式，所以「お／ご〜になる」中間接的就是對方的動作。比「れる」、「られる」的尊敬程度要高。

 其它例句

小説
(しょうせつ)
名 小說

▶▶

我想看老師所寫的小說。

先生がお書きになった小説を読みたいです。

差し上げる
(さ あ)
他下一 給（「あげる」謙讓語）

▶▶

開給您的藥，請每天服用。

差し上げた薬を、毎日お飲みになってください。

将来
(しょうらい)
名 將來

▶▶

將來會成為了不起的人吧！

将来は、立派な人におなりになるだろう。

お出でになる
(い)
他五 來，去，在（尊敬語）

▶▶

明天的派對，社長會蒞臨嗎？

明日のパーティーに、社長はお出でになりますか。

☑ 形音義記憶練習

□ 十分<small>じゅうぶん</small>　□ 小説<small>しょうせつ</small>　□ 差<small>さ</small>し上<small>あ</small>げる　□ 将来<small>しょうらい</small>　□ お出<small>い</small>でになる

參考形、音、義在底線處寫出正確單字。

合格記憶三步驟：
① 發音練習
② 圖像記憶
③ 最完整字義解說

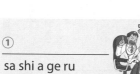

① _____

sa shi a ge ru

指下位者給上位者物品。
或對顧客尊敬的說法。

② _____

o i de ni na ru

「いる、おる」(在)的尊敬語；
又指「出<small>で</small>る、来<small>く</small>る、行<small>い</small>く」
(出去，來，去) 的尊敬語。

動手寫，成效加倍！

③ _____

sho o se tsu

通過描寫某個人物或事件，
表現社會或人的狀態，用散
文寫的文學作品。

④ _____

sho o rai

指從今以後，不久的將來。在
語意上無論是指近期的或指遙
遠的將來，都認為這一時期能
夠來到。

⑤ _____

ju u bu n

充足到不再要求的程度。

助詞、指示詞

詞類的活用

句型

 正確解答　⑤ 十分<small>じゅうぶん</small>　④ 将来<small>しょうらい</small>　③ 小説<small>しょうせつ</small>　② お出<small>い</small>でになる　① 差<small>さ</small>し上<small>あ</small>げる

文法 × 單字　003

（ら）れる　敬語

大家在禮堂集合。

にほんごのたんご
講堂
こうどう

名 禮堂

▶ みなさん講堂（こうどう）に集（あつ）まられ
ました。

【一段動詞、カ變動詞未然形】＋られる；【五段動詞未然形・サ變動詞未然形さ】＋れる。作為尊敬助動詞。表示對話題人物的尊敬。也就是在對方的動作上用尊敬助動詞。尊敬程度低於「お／ご～になる」。

　其它例句

痩（や）せる
自下一 痩；貧瘠

老師您好像瘦了。

▶▶ 先生（せんせい）は、少（すこ）し痩（や）せられたようですね。

先輩（せんぱい）
名 學姐，學長；老前輩

學長去法國留學了。

▶▶ 先輩（せんぱい）は、フランスに留学（りゅうがく）に行（い）かれた。

具合（ぐあい）
名 （健康等）狀況；方便，合適；方法情況；狀況；方法

您身體好些了嗎？

▶▶ もう具合（ぐあい）はよくなられましたか。

研究（けんきゅう）・する
名・他サ 研究

您在做什麼研究？

▶▶ 何（なに）を研究（けんきゅう）されていますか。

□講堂　□痩せる　□先輩　□具合　□研究・する

參考形、音、義在底線處寫出正確單字。

合格記憶三步驟：
① 發音練習
② 圖像記憶
③ 最完整字義解說

① _____
gu a i

事物進行得是否順利的狀態。情形；又指身體的健康狀況；事物進行的方式。方法。

② _____
ya se ru

身體消瘦，體重下降。瘦；又指土地貧瘠。

動手寫，成效加倍！

③ _____
se n pa i

在同一學校或工作單位比自己先去的人。前輩；在某領域，在自己之前開始從事該項事業的人。老前輩。

④ _____
ko o do o

在學校、機關或公司等的建築物裡，為了許多人聚集舉行集會活動的場所。

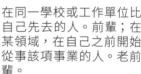

⑤ _____
ke n kyu u su ru

指認真調查並深入思考事物的本質、事實、道理等。也指該成果。

 正確解答　⑤研究・する　④講堂　③先輩　②痩せる　①具合

お／ご〜ください

請選您喜歡的。

にほんごのたんご

選<ruby>えら<rt></rt></ruby>ぶ

他五 選擇

好<ruby>す<rt></rt></ruby>きなのを<u>お</u>選<ruby>えら<rt></rt></ruby>び<u>ください</u>。

【お動詞連用形；ごサ變動詞詞幹】＋ください。用在對客人、屬下對上司的請要。這也是為了表示敬意而抬高對方行為的表現方式。尊敬程度比「てください」要高。「ください」是「くださる」的命令形。中文的意思是：「請…」。

 其它例句

かしこまりました
自五 知道，了解（「わかる」的謙讓語）

▶▶

知道了，您請稍候。

かしこまりました。少々<ruby>しょうしょう<rt></rt></ruby><u>お</u>待<ruby>ま<rt></rt></ruby>ち<u>ください</u>。

注意<ruby>ちゅう い<rt></rt></ruby>・する
名・自サ 注意，小心

▶▶

請注意車輛！

車<ruby>くるま<rt></rt></ruby>に<u>ご</u>注意<ruby>ちゅう い<rt></rt></ruby><u>ください</u>。

乗<ruby>の<rt></rt></ruby>り換<ruby>か<rt></rt></ruby>える
他下一・自下一 轉乘，換車

▶▶

請在新宿轉搭 JR 線。

新宿<ruby>しんじゅく<rt></rt></ruby>で JR<ruby>ジェーアール<rt></rt></ruby> に<u>お</u>乗<ruby>の<rt></rt></ruby>り換<ruby>か<rt></rt></ruby>え<u>ください</u>。

先<ruby>ま<rt></rt></ruby>ず
副 首先，總之

▶▶

首先請在這裡填寫姓名。

まずここに<u>お</u>名前<ruby>な まえ<rt></rt></ruby>を<u>お</u>書<ruby>か<rt></rt></ruby>き<u>ください</u>。

□選ぶ　□かしこまりました　□注意・する　□乗り換える　□先ず

參考形、音、義在底線處寫出正確單字。

合格記憶三步驟：
① 發音練習
② 圖像記憶
③ 最完整字義解說

① _____
no ri ka e ru

從一個交通工具上下來，
乘坐另一個交通工具。

② _____
ma zu

表示置於最優先的地位之
意。又表示可能性相當大，
暗示說話者確有把握。常
以客觀存在為依據。

動手寫，成效加倍！

③ _____
ka shi ko ma ri ma shi ta

表示在上司、長輩、客人等
面前，小心翼翼、規規矩矩
地「謹受命令」的意思。

④ _____
e ra bu

從一些東西中挑出好的、需要
的、符合條件的。

⑤ _____
chu u i su ru

把自己的心思集中到某事物
上。注意；多加小心不使遭
到危險。小心；從旁告誡，
促使對方注意。告誡。

正確解答　①乗り換える　②先ず　③かしこまりました　④選ぶ　⑤注意・する

助詞、指示詞

詞類的活用

句型

お／ご（名）

請教令郎的大名。

にほんごのたんご
息子さん

名（尊稱他人的）令郎

息子さんのお名前を教えてください。

お／ご＋【體言】。後接名詞（跟對方有關的行為、狀態或所有物），表示尊敬、鄭重、親愛，另外，還有習慣用法等意思。基本上名詞如果是和語就接「お」，如「お仕事、お名前」；如果是漢語就接「ご」如「ご住所、ご兄弟」。

 其它例句

お祝い
名 慶祝，祝福 ▶▶

這是聊表祝福的禮物。

これは、お祝いのプレゼントです。

品物
名 物品，東西；貨品 ▶▶

那家店的貨品非常好。

あのお店の品物は、とてもいい。

正月
名 正月，新年 ▶▶

馬上就快新年了。

もうすぐお正月ですね。

召し上がる
他五 吃，喝 ▶▶

要不要吃一點點心呢？

お菓子を召し上がりませんか。

☑ 形音義記憶練習

☐息子さん ☐お祝い ☐品物 ☐正月 ☐召し上がる

參考形、音、義在<u>底線</u>處寫出正確單字。

合格記憶三步驟：
① 發音練習
② 圖像記憶
③ 最完整字義解說

① _____

sho o ga tsu

一年的頭一個月。

② _____

shi na mo no

為了某種目的準備的東西。東西；也專指商業上買賣的東西。貨品。

動手寫，成效加倍！

③ _____

me shi a ga ru

「食べる」（吃）、「飲む」（喝）的恭敬說法。

④ _____

mu su ko sa n

尊稱別人的兒子的說法。相當於「令郎」之意。

⑤ _____

o i wa i

有喜慶的事時，把歡樂心情用語言和行動表達出來。

正確解答 ①正月 しょうがつ ②品物 しなもの ③召し上がる めしあがる ④息子さん むすこさん ⑤お祝い おいわい

詞類的活用

句型

お／ご〜する

にほんごのたんご

けいざい
経済

名 經濟

有關日本經濟，想請教您一下。

日本の経済について、
ちょっとお聞きします。

【お動詞連用形；ごサ變動詞詞幹】＋する。動詞的謙讓形式。對要
表示尊敬的人，透過降低自己或自己這一邊的人，以提高對方，來
向對方表示尊敬。謙和度比「お／ご〜いたす」要低。

其它例句

きょう み
興味
名 興趣，興致 ▶▶

如果有興趣，我可以教您。

きょうみ　　　　　おし
興味があれば、お教えします。

できるだけ
副 盡可能地 ▶▶

我會盡力幫忙的。

て　つだ
できるだけお手伝いしたいです。

しょうかい
紹介・する
名・他サ 介紹 ▶▶

我來介紹鈴木小姐給您認識。

すずき　　　　　しょうかい
鈴木さんをご紹介しましょう。

えんりょ
遠慮・する
名・自他サ 客氣；謝絕 ▶▶

對不起，請容我拒絕。

わたし　　　　えんりょ
すみませんが、私はご遠慮します。

☑ 形音義記憶練習

記住這些單字了嗎？

□ 経済 (けいざい) □ 興味 (きょうみ) □ できるだけ □ 紹介・する (しょうかい) □ 遠慮・する (えんりょ)

參考形、音、義在底線處寫出正確單字。

合格記憶三步驟：
① 發音練習
② 圖像記憶
③ 最完整字義解說

① ＿＿＿＿＿＿＿＿
de ki ru da ke

盡自己所能，盡自己全部的力量。

② ＿＿＿＿＿＿＿＿
e n ryo su ru

對別人節制自己想作的事，或自己想說的話。客氣；「ことわる」(拒絕) 的委婉說法。謝絕。

動手寫，成效加倍！

③ ＿＿＿＿＿＿＿＿
sho o ka i su ru

指初次把某人或事物推薦給別人。

④ ＿＿＿＿＿＿＿＿
ke e za i

商品的生產、販賣、消費等，這種從商品、貨幣流通方面看的社會的基本活動。

⑤ ＿＿＿＿＿＿＿＿
kyo o mi

指感到有意思，很想進一步瞭解、認識而被吸引。

正確解答 ①できるだけ ②遠慮・する(えんりょ) ③紹介・する(しょうかい) ④経済(けいざい) ⑤興味(きょうみ)

助詞、指示詞

詞類的活用

句型

お／ご～いたす

にほんごのたんご

焼ける

自下一 烤熟；(被) 烤熟

> 蛋糕烤好後我會叫您的。

ケーキが焼けたら、お呼びいたします。

【お動詞連用形；ごサ變動詞詞幹】＋いたす。這也是動詞的謙讓形式。同樣地，對要表示尊敬的人，透過降低自己或自己這一邊的人，以提高對方，來向對方表示尊敬。比「お／ご～する」在語氣上更謙和一些。

 其它例句

用意・する
名・他サ 準備；注意

> 我來為您準備餐點吧？

食事をご用意いたしましょうか。

歴史
名 歴史

> 我要講的是日本歷史。

日本の歴史についてお話しいたします。

ただいま
副 馬上，剛才；我回來了

> 我馬上就端茶過來。

ただいまお茶をお出しいたします。

計画
名・他サ 計劃

> 我來說明一下我的計劃！

私の計画をご説明いたしましょう。

形音義記憶練習　　記住這些單字了嗎？

☐ 焼ける（や）　☐ 用意・する（よう い）　☐ 歴史（れき し）　☐ ただいま　☐ 計画（けいかく）

參考形、音、義在底線處寫出正確單字。

合格記憶三步驟：
① 發音練習
② 圖像記憶
③ 最完整字義解說

① ＿＿＿＿＿＿＿＿
yo o i su ru

指面對某方面事，先做好隨時應付的準備。

② ＿＿＿＿＿＿＿＿
ke e ka ku

指為做某事事先考慮辦法、步驟等。也指所考慮的內容。

動手寫，成效加倍！

③ ＿＿＿＿＿＿＿＿
re ki shi

從過去到現在，人類社會的變遷過程。也指其記錄。

④ ＿＿＿＿＿＿＿＿
ta da i ma

指現在或距現在最近的未來和過去的詞。馬上；表示從外面回到家時說的寒暄語。我回來了。

⑤ ＿＿＿＿＿＿＿＿
ya ke ru

表示加熱烤好了可以食用了。烤好。烤熟；又指由於陽光或火的作用而變熱。（被）烤熱。

助詞、指示詞

詞類的活用

句型

正確解答　① よう い・する　② けいかく　③ れきし　④ ただいま　⑤ やける

ておく

にほんごのたんご

玩具
おもちゃ

名 玩具

為孫子買了玩具。

孫のために、玩具を買っ
まご　　　　　　　　　　おもちゃ　　か
ておきました。

【動詞連用形】＋ておく。表示考慮目前的情況，採取應變措施，將
某種行為的結果保持下去。「…著」的意思；也表示為將來做準備，
也就是為了以後的某一目的，事先採取某種行為。「先…」、「暫且…」
的意思。

 其它例句

包む
つつ
他五 包起來；
包圍；隱藏

▶▶

把要用的東西全包起來。

必要なものを全部包んでおく。
ひつよう　　　　　　ぜんぶつつ

必ず
かなら
副 一定，務
必，必須

▶▶

10 點以前一定要完成這個工作。

この仕事を 10 時までに必ずやってお
しごと　　　　　じ　　　　かなら
いてね。

押し入れ
お　い
名 壁櫥

▶▶

請將那本書收進壁櫥裡。

その本は、押し入れにしまっておいて
ほん　　　お　い
ください。

適当・する
てきとう
名·形動·自サ 適當；適
度；隨便

▶▶

我會妥當處理的，沒關係！

適当にやっておくから、大丈夫。
てきとう　　　　　　　　　　だいじょうぶ

84

☑ 形音義記憶練習

□ 玩具(おもちゃ) □ 包む(つつ) □ 必ず(かなら) □ 押し入れ(おい) □ 適当・する(てきとう)

參考形、音、義在<u>底線處</u>寫出正確單字。

合格記憶三步驟：
① 發音練習
② 圖像記憶
③ 最完整字義解說

①

_____

o shi i re

和式房間裡，為放被褥和坐墊等，設置的帶拉門或板門的壁櫥。

②

_____

te ki to o su ru

正好符合某種性質、狀態或要求。適當；份量或程度正合適。適度；不認真的樣子。隨便。

動手寫，成效加倍！

③

_____

o mo cha

兒童的遊戲用具。包括石頭、葉子做成的，或是商店販賣，經過產商製造過的。

④

_____

tsu tsu mu

從外面把東西裹起來。包上；又指把四周包圍起來。包圍；還指隱藏在心裡。隱藏。

⑤

_____

ka na ra zu

表示萬無一失，無一例外地會產生必然的結果。多用於客觀性的判斷。

（名）でございます

にほんごのたんご
事務所
じ む しょ

名 辦公室

這邊是協會的辦公室。

こちらが、会の事務所で
ございます。
かい じ む しょ

【體言】＋でございます。「です」的鄭重的表達方式。日語除了尊敬語跟謙讓語之外，還有一種叫鄭重語。鄭重語有用在車站、百貨公司等公共場合。這時說話人跟聽話人之間無任何關係，只是為了表示尊敬。至於，用在自己的時候，就有謙遜的意思。

 其它例句

しんぶんしゃ
新聞社
名 報社

右邊的建築物是報社。

右の建物は、新聞社でございます。
みぎ たてもの しんぶんしゃ

そろそろ
副 快要；緩慢

快要2點了。

そろそろ2時でございます。
じ

むすめ
娘
名 女兒，女孩子

我女兒還只是小學生。

うちの娘は、まだ小学生でございます。
むすめ しょうがくせい

げんいん
原因
名 原因

原因是一件小事。

原因は、小さなことでございました。
げんいん ちい

☑ 形音義記憶練習

記住這些單字了嗎?

□ 事務所（じ む しょ）　□ 新聞社（しんぶんしゃ）　□ そろそろ　□ 娘（むすめ）　□ 原因（げんいん）

參考形、音、義在底線處寫出正確單字。

合格記憶三步驟：
① 發音練習
② 圖像記憶
③ 最完整字義解說

助詞、指示詞

詞類的活用

句型

① ＿＿＿＿＿＿
shi n bu n sha

「新聞」是把消息和話題等印刷出版，傳達給讀者的定期刊物。而發行的地方叫「新聞社」。

② ＿＿＿＿＿＿
ge n i n

事物發生的根源。用在承認跟結果之間的因果關係時。

動手寫，成效加倍！

③ ＿＿＿＿＿＿
so ro so ro

剛好是最好的時間，做某一行為。快要；又指動作或進程非常緩慢，平穩的樣子。緩慢。

④ ＿＿＿＿＿＿
ji mu sho

「事務」是坐在辦公桌上從事計算，或處理公文的工作。而「事務所」是其動作的場所。

⑤ ＿＿＿＿＿＿
mu su me

稱呼自己的女兒用「娘」，尊稱別人女兒的說法則是「娘さん」，相當於「令嬡」之意。

正確解答　⑤娘（むすめ）　④事務所（じむしょ）　③そろそろ　②原因（げんいん）　①新聞社（しんぶんしゃ）

（さ）せる

にほんごのたんご

調_{しら}べる

他下一 查閱，調查

> 我讓秘書去調查。
>
> 秘書_{ひしょ}に調_{しら}べ<u>させます</u>。

【一段動詞、カ變動詞未然形・サ變動詞詞幹】＋させる。【五段動詞未然形】＋せる。表使役。(1) 強迫他人做某事，有強迫性，只適用於長輩對晚輩或同輩之間。如果是自動詞，用 X が Y に N を V-させる。他動詞用 X が Y を／に V- させる；(2) 用言行促使他人（用を表示）自然地做某動作；(3) 允許或放任不管。中文是：「讓…」、「叫…」。這裡是用法 (2)。

 其它例句

考_{かんが}える
他下一 考慮；
思考

▶▶

> 我讓他想那個問題。
>
> その問題_{もんだい}は、彼_{かれ}に考_{かんが}え<u>させます</u>。

眠_{ねむ}る
自五 睡覺；
埋藏

▶▶

> 用藥讓他入睡。
>
> 薬_{くすり}を使_{つか}って、眠_{ねむ}ら<u>せた</u>。

びっくり・する
副・自サ 驚嚇，吃驚

▶▶

> 請不要嚇我。
>
> びっくり<u>させ</u>ないでください。

特別_{とくべつ}
名・形動 特別，
特殊

▶▶

> 讓他進行特別的練習。
>
> 彼_{かれ}には、特別_{とくべつ}の練習_{れんしゅう}を<u>やらせて</u>います。

☑ 形音義記憶練習

☐ 調^{しら}べる　☐ 考^{かんが}える　☐ 眠^{ねむ}る　☐ びっくり・する　☐ 特別^{とくべつ}

參考形、音、義在底線處寫出正確單字。

合格記憶三步驟：
① 發音練習
② 圖像記憶
③ 最完整字義解說

① bi kku ri su ru

由於沒有想到的事或突然的事而吃驚。

② to ku be tsu

和普通事物不同的樣子。

動手寫，成效加倍！

③ ka n ga e ru

指根據知道的、感覺到的事物，去動腦筋。也專指有條理地動腦筋。思考。考慮。

④ shi ra be ru

把不清楚的事情，弄清楚。

⑤ ne mu ru

身心休息，進入無意識狀態。進入睡眠狀態。

助詞、指示詞

詞類的活用

句型

（さ）せられる

にほんごのたんご

驚く （おどろく）

▶

我總是被他嚇到。

彼（かれ）にはいつも、驚（おどろ）かせら れる。

自五 吃驚，驚奇

【動詞動詞未然形】＋（さ）せられる。表被某人或某事物強迫做某動作，且不得不做。含有不情願、受害的心情。這是從使役句的「X が Y に N を V- させる」變成為「Y が X に N を V- させられる」來的，表示 Y 被 X 強迫做某動作。中文是：「被迫…」、「不得已…」。

 其它例句

別れる （わかれる）
自下一 分別，分開

▶▶

兩位年輕人，被父母給強行拆散了。

若（わか）い二人（ふたり）は、両親（りょうしん）に別（わか）れさせられた。

拾う （ひろう）
他五 撿拾；叫車

▶▶

被叫去公園撿垃圾。

公園（こうえん）でごみを拾（ひろ）わせられた。

このごろ
副 最近

▶▶

最近讓人省思的事有很多。

このごろ、考（かんが）えさせられることが多（おお）いです。

社長 （しゃちょう）
名 社長

▶▶

總經理讓我做很難的工作。

社長（しゃちょう）に、難（むずか）しい仕事（しごと）をさせられた。

90

☑ 形音義記憶練習

□ 驚^{おどろ}く　□ 別^{わか}れる　□ 拾^{ひろ}う　□ このごろ　□ 社長^{しゃちょう}

參考形、音、義在底線處寫出正確單字。

合格記憶三步驟：
① 發音練習
② 圖像記憶
③ 最完整字義解說

助詞、指示詞

① _____
ko no go ro

籠統地指不久前直到現在。

② _____
sha cho o

公司經營的最高負責人。

動手寫，成效加倍！

③ _____
wa ka re ru

曾經在一起的人分離了。斷絕以往的關係而分手。有時特指解除夫妻關係。

詞類的活用

④ _____
o do ro ku

遇到意外的事而吃驚。

⑤ _____
hi ro u

拾起掉在地上的東西。撿；又指在路上叫車。招手叫車。

句型

正確解答　⑤拾う^{ひろう}　④驚く^{おどろく}　③別れる^{わかれる}　②社長^{しゃちょう}　①このごろ

ず（に）

にほんごのたんご
連絡（れんらく）・する

名・自他サ 聯繫；聯絡

沒有聯絡就請假了。

連絡せ**ず**に、仕事（しごと）を休（やす）みました。

【動詞未然形】＋ず（に）。表示以否定的狀態或方式來做後項的動作，或產生後項的結果。語氣比較生硬，多用在書面上。意思跟「ないで」相同，但是不能後接「ください」、「ほしい」。動詞是「する」的時候，要變成「せずに」。中文的意思是：「不…地」、「沒…地」。

其它例句

失敗（しっぱい）・する

名・自サ 失敗

不知道方法以致失敗。

方法（ほうほう）がわから**ず**、失敗（しっぱい）しました。

てしまう

他五 強調某一狀態或動作；懊悔

沒見到老師就回來了嗎？

先生（せんせい）に会（あ）わ**ず**に帰（かえ）ってしまったの。

細（こま）かい

形 細小；詳細；無微不至

別鑽牛角尖，就隨便做做吧！

細（こま）かいことは言（い）わ**ず**に、適当（てきとう）にやりましょう。

動（うご）く

自五 動，移動；運動；作用

請不要離開，在那裡等我。

動（うご）か**ず**に、そこで待（ま）っていてください。

よくいらっしゃいました

寒暄 歡迎光臨

歡迎光臨。不用脫鞋，請進來。

よくいらっしゃいました。靴（くつ）を脱（ぬ）が**ず**に、お入（はい）りください。

☑ 形音義記憶練習

- [ ] 連絡・する
- [ ] 失敗・する
- [ ] てしまう
- [ ] 細かい
- [ ] 動く
- [ ] よくいらっしゃいました

參考形、音、義在底線處寫出正確單字。

① 發音練習
② 圖像記憶
③ 最完整字義解說

① _____
u go ku

移動到與以前不同的地方；又指搖動或運動；還指機器或組織等發揮作用。

動手寫，成效加倍！

② _____
yo ku i ra ssha i ma shi ta

歡迎客人的說法。含有以滿心歡喜的心情，歡迎客人來到的語意。

③ _____
te shi ma u

當補助動詞時，表示強調某一動作或狀態；又表示事物結果不太令人滿意。

④ _____
re n ra ku su ru

指與其他事物有聯繫。也指取得聯繫。聯繫；又指向對方傳遞信息。聯絡。

⑤ _____
ko ma ka i

東西非常細小的樣子。細。碎；內容詳細。仔細；處處都給予周到的注意。無微不至。

⑥ _____
shi ppa i su ru

指心中有一個目的想去達到，結果卻未能如願。

 正確解答　①動く　②よくいらっしゃいました　③てしまう　④連絡・する　⑤細かい　⑥失敗・する

命令形

にほんごのたんご

煩い
うるさ

形 吵鬧；囉唆

很吵耶，安靜一點！

> うるさいなあ。静かにし
> ろ！
> しず

表示命令。一般用在命令對方的時候，由於給人有粗魯的感覺，所以大都是直接面對當事人說。一般用在對孩子、兄弟姊妹或親友時。也用在遇到緊急狀況或吵架的時候。還有交通號誌等。中文的意思是：「給我⋯」、「不要⋯」。

 其它例句

くれる
他下一 給我；給

那筆錢給我。

> そのお金を私にくれ。
> かね　わたし

がんばる
自五 努力，加油；堅持

父親要我努力，直到考上為止。

> 父に、合格するまでがんばれと言われた。
> ちち　ごうかく　　　　　　　　　　い

続ける
つづ
他下一 持續，繼續；接著

既然開始了，就要堅持到底喔。

> 一度始めたら、最後まで続けろよ。
> いちど はじ　　　さいご　　つづ

逃げる
に
自下一 逃走，逃跑

警察來了，快逃！

> 警官が来たぞ。逃げろ！
> けいかん き　　に

☑ 形音義記憶練習

□ 煩い　□ くれる　□ がんばる　□ 続ける　□ 逃げる

> 參考形、音、義在底線處寫出正確單字。

合格記憶三步驟：
① 發音練習
② 圖像記憶
③ 最完整字義解說

助詞、指示詞

① _____
ku re ru

別人給說話者（一方）物品。給我；又指給輩份小的對方東西。給。

② _____
ga n ba ru

拼命努力幹到底。努力。堅持；繼續主張自己的想法，不肯讓步。固執己見。堅持。

動手寫，成效加倍！

③ _____
tsu zu ke ru

某一期間做同樣的動作。一直處於同樣狀態。繼續；又指緊接著做什麼。接著。

詞類的活用

④ _____
ni ge ru

為了不被捉住企圖遠遠離開。也指從被捕的地方逃脫。

⑤ _____
u ru sa i

表示因聲音引起不快的樣子；又表示要求過多，或干涉細小的事，所引起不快的樣子。

句型

のは／のが／のを

これ ものは だれ おく おきの

這禮物是誰送我的？

<ruby>贈<rt>おく</rt></ruby>り<ruby>物<rt>もの</rt></ruby>

名 贈品，禮物

この<ruby>贈<rt>おく</rt></ruby>り<ruby>物<rt>もの</rt></ruby>をくれた<u>の</u>は、<ruby>誰<rt>だれ</rt></ruby>ですか。

【名詞修飾短語】＋の（は／が／を）。想強調的部分就放「の」後使其名詞化，成為後面句子的主語或目的語。又後接知覺動詞（透過感覺器官感知事物）「<ruby>見<rt>み</rt></ruby>える／<ruby>聞<rt>き</rt></ruby>こえる」，成為知覺動詞的對象。這裡的「の」是形式名詞，跟「こと」有時可互換。但是後接知覺動詞或接「<ruby>手伝<rt>てつだ</rt></ruby>う、<ruby>待<rt>ま</rt></ruby>つ」等配合某事態而做的動作，和「やめる、<ruby>止<rt>と</rt></ruby>める」等動詞時只能用「の」。中文是：「的是…」。

 其它例句

ああ
副 那樣，那麼 ▶▶

我當時那樣說並不恰當。

<ruby>私<rt>わたし</rt></ruby>があの<ruby>時<rt>とき</rt></ruby>ああ<ruby>言<rt>い</rt></ruby>った<u>の</u>は、よくなかったです。

このあいだ
副 前幾天，前些時候 ▶▶

前幾天買的不好吃。

このあいだ<ruby>買<rt>か</rt></ruby>った<u>の</u>は、おいしくなかった。

<ruby>失礼<rt>しつれい</rt></ruby>・する
名・自サ 失禮，沒禮貌；失陪 ▶▶

連個招呼也沒打就回去，是很沒禮貌的。

<ruby>黙<rt>だま</rt></ruby>って<ruby>帰<rt>かえ</rt></ruby>る<u>の</u>は、<ruby>失礼<rt>しつれい</rt></ruby>です。

<ruby>再来週<rt>さらいしゅう</rt></ruby>
名 下下星期 ▶▶

下下星期要來玩的是伯父。

<ruby>再来週<rt>さらいしゅう</rt></ruby><ruby>遊<rt>あそ</rt></ruby>びに<ruby>来<rt>く</rt></ruby>る<u>の</u>は、<ruby>伯父<rt>おじ</rt></ruby>です。

☐ 贈り物　☐ ああ　☐ このあいだ　☐ 失礼・する　☐ 再来週

參考形、音、義在<u>底線</u>處寫出正確單字。

① _____

a a

「あのように」那樣，那麼的意思。又當感嘆詞時，表示驚喜、悲嘆時發出的聲音。

合格記憶三步驟：
① 發音練習
② 圖像記憶
③ 最完整字義解說

② _____

ko no a i da

在現在之前，不久的某個時候。最近的含義幅度較大，可以指幾天、幾個月，甚至幾年。

動手寫，成效加倍！

③ _____

o ku ri mo no

贈送給別人的物品。贈品、禮品。

④ _____

shi tsu re e su ru

指沒有遵守禮節上應遵守的事。也指因此而道歉的話。失禮；與人告別，特別是自己先回去，向對方說的話。失陪。

⑤ _____

sa ra i shu u

「来週」是下禮拜，「再来週」是下下禮拜。

正確解答　⑤再来週　④失礼・する　③贈り物　②このあいだ　①ああ

97

こと

にほんごのたんご
美しい
(うつく)

形 美麗，好看

喜歡看美麗的畫。

美しい絵を見ることが好きです。

【名詞修飾短句】＋こと。前接名詞修飾短句，使其名詞化，成為後面句子的主語或目的語。如前面說的「こと」跟「の」有時可以互換。但只能用「こと」的有：表達「話す、伝える、命ずる、要求する」等動詞的內容；後接的是「です、だ、である」；固定的表達方式「ことができ」。

其它例句

楽しみ
(たの)
名・形動 期待，
快樂
▶▶

我很期待與大家見面！

みんなに会えることを楽しみにしています。

出席・する
(しゅっせき)
名・自サ 出席
▶▶

要出席那個派對是很困難的。

そのパーティーに出席することは難しい。
(むずか)

訪ねる
(たず)
他下一 拜訪，
訪問
▶▶

最近比較少去拜訪老師。

最近は、先生を訪ねることが少なくなりました。
(さいきん)　(せんせい)　(たず)　(すく)

について
連語 關於
▶▶

大家很期待聽你說有關旅行的事。

みんなは、あなたが旅行について話すことを期待しています。
(りょこう)　(はな)　(きたい)

☑ 形音義記憶練習

□美しい　□楽しみ　□出席・する　□訪ねる　□について
うつく　　　たの　　　　しゅっせき　　　たず

參考形、音、義在底線處寫出正確單字。

① _____
ni tsu i te

「～について」的形式，
表示關係到該事的意思。
關於。

合格記憶三步驟：
① 發音練習
② 圖像記憶
③ 最完整字義解說

② _____
u tsu ku shi i

視覺、感覺好、美的樣子。
指人的外表、眼睛可見到、
耳朵能聽到的具體事物的
美。暗示對美的感動。

動手寫，成效加倍！

③ _____
ta zu ne ru

抱著一定目的，特意到
某地或某人家去。拜訪。

④ _____
ta no shi mi

可以使人感到愉快，有希望，
讓疲倦的身心得到慰藉的東
西。

⑤ _____
shu sse ki su ru

指去聽課或參加會議、集會等。

助詞、指示詞

詞類的活用

句型

99

ということ

にほんごのたんご

時代
じだい

图 時代；潮流；
歷史

感覺到新時代已經來臨了。

新しい時代が来たということを感じます。

【簡體句】＋ということ。表示傳聞，直接引用的語感強。一定要加上「という」。中文的意思是；「聽說…」、「據說…」。

 其它例句

伝える
つた
他下一 傳達，
轉告；傳導

▶▶

請轉告他我很忙。

私が忙しいということを、彼に伝えてください。

妻
つま
图 妻子，太太
（自稱）

▶▶

妻子不知道我想離職的事。

私が会社をやめたいということを、妻は知りません。

思い出す
おも　だ
他五 想起來，回想

▶▶

我想起明天放假。

明日は休みだということを思い出した。

慣れる
な
自下一 習慣；
熟練

▶▶

已經習慣每天早上5點起床了。

毎朝5時に起きるということに、もう慣れました。

□ 時代（じだい）　□ 伝（つた）える　□ 妻（つま）　□ 思（おも）い出（だ）す　□ 慣（な）れる

參考形、音、義在底線處寫出正確單字。

合格記憶三步驟：
① 發音練習
② 圖像記憶
③ 最完整字義解說

① _____

tsu ta e ru

通過別人轉告。傳達；又指通過某物，或沿著某物而動，由一方移向另一方。傳。傳導。

② _____

tsu ma

已婚男女當中的女性。

動手寫，成效加倍！

③ _____

ji da i

時間進程中作為整體看待的一段時間。時代；與時間同步前進的社會。潮流；以往的社會。歷史。

④ _____

na re ru

因有多次經驗，並不感到特殊。熟悉。習慣；又指某事反覆做過多次，已經完全掌握。熟練。

⑤ _____

o mo i da su

由於某種契機，想起過去的事或忘記的事。

ていく

にほんごのたんご

真面目
まじめ

名·形動 認真的，
誠實的

從今以後，會認真唸書。

今後も、まじめに勉強し
こんご　　　　　　　　　　　　べんきょう
ていきます。

【動詞連用形】＋ていく。表示人、物、事態等在空間、時間或心理
上由近到遠，離說話人越來越遠地移動或變化。（1）保留「行く」
的本意，也就是某動作由近而遠，從說話人的位置、時間點離開。
「…去」的意思；（2）表示動作或狀態，越來越遠地移動或變化，或
動作的繼續、順序。多指從現在向將來。「…下去」的意思。這裡是
用法（2）。

其它例句

足す
た

他五 補足；增
加

數字加起來，總共是 100。

数字を足していくと、全部で100になる。
すうじ　た　　　　　　　　ぜんぶ

技術
ぎじゅつ

名 技術

技術會愈來愈進步吧！

ますます技術が発展していくでしょう。
ぎじゅつ　はってん

員
いん

名 …員

你打算當研究員嗎？

研究員としてやっていくつもりですか。
けんきゅういん

生きる
い

自上一 活著；謀
生；充分發揮

聽說他打算一個人活下去。

彼は、一人で生きていくそうです。
かれ　　ひとり　　い

☑ 形音義記憶練習

□ 真面目（まじめ）　□ 足す（た）　□ 技術（ぎじゅつ）　□ 員（いん）　□ 生きる（い）

參考形、音、義在底線處寫出正確單字。

合格記憶三步驟：
① 發音練習
② 圖像記憶
③ 最完整字義解說

$68+32=100$

① _____
ta su

把不足的補上。補充；
又指在某數量上再加
上某數量。加上。

② _____
i ki ru

保存著生命，活著的意思；
又指生活、謀生之意；還指
該物的效力得到充分發揮。

動手寫，成效加倍！

③ _____
gi ju tsu

把理論利用於實際工
作的方法。

④ _____
ma ji me

不馬虎，認真的；又指認真
不說謊，待人以誠。誠實。

⑤ _____
i n

表示某某成員。

正確解答　①足す（たす）　②生きる（いきる）　③技術（ぎじゅつ）　④真面目（まじめ）　⑤員（いん）

助詞、指示詞

詞類的活用

句型

てくる

託您的福，我身體好多了。

にほんごのたんご
お蔭様で

意 託福，多虧

お蔭様で、元気になって<u>きました</u>。

【動詞連用形】＋てくる。(1) 保留「来る」的本意，由遠而近，向說話人的位置、時間點靠近。「…來」之意；(2) 表示動作從過去到現在的變化、推移，或從過去一直繼續到現在。「…起來」、「…過來」之意;(3)表示在其他場所做了某事之後，又回到原來的場所。「去…」之意。這裡是用法 (2)。

 其它例句

お祭り
名 慶典，祭典
▶▶

慶典快到了。
お祭りの日が、近づい<u>てきた</u>。

聞こえる
自下一 聽得見
▶▶

聽到電車的聲音了。
電車の音が 聞こえ<u>てきました</u>。

祖父
名 爺爺；外公
▶▶

祖父一直在那家公司工作到現在。
祖父はずっとその会社で働い<u>てきました</u>。

みな
名 大家；所有的
▶▶

這條街一直深受大家的喜愛。
この街は、みなに愛され<u>てきました</u>。

☑ 形音義記憶練習

記住這些單字了嗎？

□お蔭様で　□お祭り　□聞こえる　□祖父　□みな

參考形、音、義在底線處寫出正確單字。

合格記憶三步驟：
① 發音練習
② 圖像記憶
③ 最完整字義解說

①
_____
o ma tsu ri

迎接神靈，獻上供品，慰藉祈禱的儀式。也指與此連帶舉行的各種活動。

②
_____
ki ko e ru

自然而然地聽到聲音，人說的話。聽得見。

③
_____
o ka ge sa ma de

對別人的好意、照顧等，表示感謝心情的一種習慣的客氣說法。

動手寫，成效加倍！

④
_____
mi na

在這裡的諸位。向多數人招呼的詞。大家；又指在那裡的全部。所有的。「みんな」的鄭重說法。

⑤
_____
so fu

父親的父親，或者是母親的父親。

助詞、指示詞

詞類的活用

句型

正確解答 （1）お祭り （2）聞こえる （3）お蔭様で （4）みな （5）祖父

105

I　[a,b] の中から正しいものを選んで、○をつけなさい。

① 警察に住所と名前を　（a. 聞かせた　　b. 聞かれた）。

② 電車でだれかに足を　（a. ふまれました　　b. ふられました）。

③ お年玉付き年賀葉書は当社でご用意　（a. いたします
b. になります）。

④ 社長は今朝、何時に　（a. 起きられました　　b. お起きく
ださいます）　か。

⑤ その件について、私がご説明　（a. します　　b. になります）。

⑥ その試験は10月10日に　（a. 行されます　　b. 行われます）。

⑦ お客様がお越しに　（a. なられました　　b. なりました）。

II　下の文を正しい文に並べ替えなさい。＿＿＿に数字を書きなさい。

① 彼はみんな　＿＿＿　＿＿＿　＿＿＿　＿＿＿　知りたい。

　　1. に　　2. を　　3. 理由　　4. 嫌われた

② 詳細な住所は　＿＿＿　＿＿＿　＿＿＿　＿＿＿　いたします。

　　1. 伝え　　2. 予約後　　3. お　　4. ご

③ ご主人は、＿＿＿　＿＿＿　＿＿＿　＿＿＿　ますか。

　　1. され　　2. スポーツ　　3. を　　4. どんな

練習を
しましょう 複習③ **単字題Ⅰ**

Ⅰ [a〜e]の中から適当な言葉を選んで、(　　)に入れなさい。

a. 赤ちゃん	b. ご主人	c. 夫	d. 祖父	e. 子育て

① 真智子さんの(　　　　　　　)は目が大きくて、とてもかわいいです。

② 97 歳の(　　　　　　　)はよく昔の話を聞かせてくれました。

③ 最近、(　　　　　　　)は仕事が忙しくて、帰るのが遅くなっています。

④ 働きながらの(　　　　　　)は大変ですね。

Ⅱ [a〜e]の中から適当な言葉を選んで、(　　)に入れなさい。
(必要なら形を変えなさい)

a. 動く	b. 眠る	c. 太る	d. 亡くなる	e. 触る

① お正月に食べ過ぎました！(　　　　　　　)しまいました！

② ゆっくり揺れるベッドではよく(　　　　　　)れるようです。

③ 急に車が(　　　　　　)なくなりました。故障かもしれません。

④ 父が早くに(　　　　　　)ので、母は私を一人で育ててくれました。

a. 揺れる	b. 乗り換える	c. 寄る	d. 拾う	e. 通う

① 時間があったから、本屋に(　　　　　　)り、買い物したりしていました。

② おばあちゃんはエアロビクスが大好きで、ほぼ毎日ジムへ
(　　　　　　　)います。

③ 大雨と風で、木がすごく(　　　　　　)います。

④ 上野駅で地下鉄に(　　　　　　)ください。

I [a,b] の中<small>なか</small>から正<small>ただ</small>しいものを選<small>えら</small>んで、〇をつけなさい。

① パソコンは1階<small>かい</small>の部屋<small>へや</small>　(a. いたしてございます

    b. にございます)。

② 今回私<small>こんかいわたし</small>が「恋愛<small>れんあい</small>」についてお話<small>はな</small>し　(a. なさいます

    b. いたします)　ね。

③ どうぞ皆<small>みな</small>さんお　(a. 掛<small>か</small>け　　b. 座<small>すわ</small>り)　ください。

④ これが私<small>わたし</small>たちの会社<small>かいしゃ</small>の新製品<small>しんせいひん</small>　(a. でいらっしゃいます

    b. でございます)。

⑤ 企画<small>きかく</small>の説明<small>せつめい</small>はこちらを　(a. ご覧<small>らん</small>になられる　　b. ご覧<small>らん</small>く

    ださい)。

⑥ 部長<small>ぶちょう</small>は、あすの会議<small>かいぎ</small>にご出席<small>しゅっせき</small>に　(a. します　　b. なります)　か。

⑦ こちらで確認<small>かくにん</small>してから、後<small>のち</small>ほどご連絡<small>れんらく</small>　(a. なさいます

    b. いたします)。

II 下<small>した</small>の文<small>ぶん</small>を正<small>ただ</small>しい文<small>ぶん</small>に並<small>なら</small>べ替<small>か</small>えなさい。＿＿＿に数字<small>すうじ</small>を書<small>か</small>きなさい。

① こちらは ＿＿＿ ＿＿＿ ＿＿＿ ＿＿＿ ございます。

    1. ワイン　　2. 高級<small>こうきゅう</small>な　　3. たいへん　　4. で

② 10分後<small>ぶんご</small> ＿＿＿ ＿＿＿ ＿＿＿ ＿＿＿。

    1. に　　2. 折<small>お</small>り返<small>かえ</small>し　　3. します　　4. お電話<small>でんわ</small>

③ できるだけ ＿＿＿ ＿＿＿ ＿＿＿ ＿＿＿ ください。

    1. の　　2. 多<small>おお</small>く　　3. お集<small>あつ</small>め　　4. 学生<small>がくせい</small>を

練習を
しましょう 複習③ **單字題Ⅱ**

Ⅰ [a～e]の中^{なか}から適当^{てきとう}な言葉^{ことば}を選^{えら}んで、（　　）に入^いれなさい。

a.品物^{しなもの}　　b.経済^{けいざい}　　c.中止^{ちゅうし}　　d.バーゲン　　e.値段^{ねだん}

① この時計^{とけい}はあの時計^{とけい}より（　　　　　　　）が２倍^{ばい}高^{たか}いが、３倍^{ばい}
　　かっこいいです。

② まだ6月^{がつ}なのに、もうデパートでは夏^{なつ}の（　　　　　）が始^{はじ}まっています。

③ この店^{みせ}ではどんな（　　　　　　　）を売^うっているのですか。

④ 急^{きゅう}に雨^{あめ}が降^ふってきて、試合^{しあい}は（　　　　　　）になりました。

a.別^{べつ}に　　b.かわり　　c.必^{かなら}ず　　d.確^{たし}か　　e.ああ

① 家^{いえ}の鍵^{かぎ}がありません。昨日^{きのう}は(　　　　　　)ここに置^おいたはずなのに。

② ここに（　　　　　）いう店^{みせ}があるとは、全然^{ぜんぜん}知^しりませんでしたね。

③ お椀^{わん}の（　　　　　　）にカップでご飯^{はん}を食^たべたが、おいしく
　　ありませんでした。

④ 彼^{かれ}らは会^あうと（　　　　　）喧嘩^{けんか}します。

Ⅱ [a～e]の中^{なか}から適当^{てきとう}な言葉^{ことば}を選^{えら}んで、（　　）に入^いれなさい。
（必要^{ひつよう}なら形^{かたち}を変^かえなさい）

a.送^{おく}る　　b.尋^{たず}ねる　　c.返事^{へんじ}する　　d.伝^{つた}える　　e.放送^{ほうそう}する

① 私^{わたし}から電話^{でんわ}があったことを、彼女^{かのじょ}に（　　　　　）ください。

② この荷物^{にもつ}を空港^{くうこう}まで（　　　　　　）もらえませんか。

③ どうやって自動改札機^{じどうかいさつき}に切符^{きっぷ}を入^いれるかわからなかったの
　　で、さっき駅員^{えきいん}に（　　　　　）。

④ 彼^{かれ}のデビュー作^{さく}は、2001年^{ねん}に（　　　　　　）されました。

I [a,b] の中から正しいものを選んで、○をつけなさい。

① 仕事で最近ミスが多く （a. なって   b. なる） きた。

② 毎年大して勉強も （a. せ   b. さ） ずに東大に合格する
天才はどのくらいいますか。

③ この街は、みなに愛されて （a. みました   b. きました）。

④ 研究員としてやって （a. いく   b. くる） つもりですか。

⑤ コロナ時期の七五三について、みなさんどう （a. なります

b. されます） か。

⑥ 先生がいい作品を （a. 送ってくださいました   b. お送
りしました）。

⑦ お客様以外の駐車は （a. お   b. ご） 断りいたします。

II 下の文を正しい文に並べ替えなさい。_____ に数字を書きなさい。

① 彼は私に _____ _____ _____ _____ 部屋に入って
きた。

1. も   2. 静かに   3. せずに   4. 挨拶

② 週末はどこも行か _____ _____ _____ _____。

1. の   2. 過ごして   3. しまった   4. ずに

③ 会社が遠いから、旦那はいつも _____ _____ _____
_____。

1. 早く   2. 行く   3. 朝   4. 出て

I　[a～e]の中から適当な言葉を選んで、(　　)に入れなさい。

> **a. 理由　　b. 特別　　c. ため　　d. つもり　　e. だめ**

① 来年、私は日本へ留学する(　　　　　　)です。

② 絶対に人の物を盗んでは(　　　　　)です。

③ 梅雨の(　　　　　　　)、洗濯物がなかなか乾きません。

④ なるほど。この店のラーメンがうまい(　　　　　　　)がわかりました。

> **a. 急に　　b. とうとう　　c. ずっと　　d. 全然　　e. そろそろ**

① もう7時です。(　　　　　　　)出かける時間です。

② (　　　　　　　　)地面が揺れ出して、地震だと気づいたら、どんどん強くなってきました。とても怖かったです。

③ 朝から(　　　　　　)外にいたので、ちょっと日焼けしました。

④ 初孫ができて、私も(　　　　　　)おばあさんですわ。

II　[a～e]の中から適当な言葉を選んで、(　　)に入れなさい。
(必要なら形を変えなさい)

> **a. 無理　　b. 残念　　c. よろしい　　d. 必要　　e. 正しい**

① 答えは(　　　　　　)のですが、答えを書くところを間違えました。

② ギターを練習するには時間が(　　　　　)です。

③ (　　　　　　)ことを頼まれても、できないことはできません。

④ ホットとアイス、どちらが(　　　　　　)ですか。

111

てみる

にほんごのたんご

久しぶり

名・形動 許久，隔了好久

隔了許久才回畢業的母校看看。

久しぶりに、卒業した学校に行ってみた。

【動詞連用形】＋てみる。表示嘗試著做前接的事項，由於不知道好不好，對不對，所以嚐試做做看。是一種試探性的行為或動作，一般是肯定的說法。其中的「みる」是抽象的用法，所以用平假名書寫。中文的意思是：「試著（做）…」。

 其它例句

苦い
形 苦；痛苦；不愉快的

▶▶

試吃了一下，覺得有點苦。

食べてみましたが、ちょっと苦かったです。

それはいけませんね
寒暄 那可不行

▶▶

那可不行啊！是不是吃個藥比較好？

それはいけませんね。薬を飲んでみたらどうですか。

すばらしい
形 出色，很好

▶▶

因為是很棒的電影，不妨看看。

すばらしい映画ですから、見てみてください。

やはり・やっぱり
副 果然；還是，仍然

▶▶

我還是再努力看看。

やっぱり、がんばってみます。

☑ 形音義記憶練習

記住這些單字了嗎？

- □ 久しぶり □ 苦い
- □ それはいけませんね □ すばらしい □ やはり・やっぱり

參考形、音、義在底線處寫出正確單字。

合格記憶三步驟：
① 發音練習
② 圖像記憶
③ 最完整字義解說

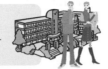

① _____

hi sa shi bu ri

指從以前經歷過同類的事，到再次做該事時，經過很長時間。一般用在被期待發生的事情上。

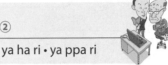

② _____

ya ha ri・ya ppa ri

表示結果與預想的一致；又表示現在的狀態與以往沒有什麼變化，仍在持續之中。

動手寫，成效加倍！

③ _____

su ba ra shi i

表示非常出色而無條件感嘆的樣子。出色。極好。

④ _____

ni ga i

食物的苦味，有時幾乎想嘔吐的味道，一般多形容不好的味覺。苦；不願意想起的煩惱事。痛苦。

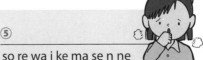

⑤ _____

so re wa i ke ma se n ne

對方生病了，表示同情、遺憾，並勸對方要盡快治療的習慣說法。

助詞、指示詞

詞類的活用

句型

正確解答 ①ひさしぶり ②やはり・やっぱり ③すばらしい ④にがい ⑤それはいけませんね

113

てしまう

すっかり

圖 全部；完全

房間全部整理好了。

部屋はすっかり片付けてしまいました。

【動詞連用形】＋てしまう。(1) 表動作或狀態的完成。「…完」之意。常接「すっかり、全部」等副詞、數量詞。前接表繼續的動詞時，則指積極實行並完成其動作；(2) 表出現了說話人不願看到的結果，含有遺憾、後悔等語氣。這時一般接無意志的動詞。縮約形的話「てしま」是「ちゃ」，「でしま」是「じゃ」。這裡是用法 (1)。

 其它例句

壊す
他五 弄碎；破壊

▶▶

摔破杯子了。

コップを壊してしまいました。

会
接尾 …會

▶▶

展覽會結束了。

展覧会は、終わってしまいました。

捨てる
他下一 丟掉，拋棄；放棄

▶▶

不要的東西，請全部丟掉！

いらないものは、捨ててしまってください。

悲しい
形 悲傷，悲哀

▶▶

失敗了，很是傷心。

失敗してしまって、悲しいです。

114

☑ 形音義記憶練習　記住這些單字了嗎？

□ すっかり　□ 壊す　□ 会　□ 捨てる　□ 悲しい

參考形、音、義在<u>底線</u>處寫出正確單字。

助詞、指示詞

合格記憶三步驟：
① 發音練習
② 圖像記憶
③ 最完整字義解說

① _____

ka na shi i

表示心痛，想要哭出來
的樣子。有時是主體的
感情悲傷，有時是因事
物引起的。

② _____

su kka ri

表示沒有剩餘，全都…了。
完全；又指完全變成某種狀
態的樣子。

動手寫，成效加倍！

詞類的活用

③ _____

ka i

指一些人以共同的目
的聚於某處。也指其
集會。

④ _____

su te ru

當作無用的東西扔掉。扔；放
棄至今擁有的東西。捨棄；又
指認為沒有指望而放棄。放
棄。

⑤ _____

ko wa su

把東西損壞、弄碎，使不能
發揮作用。弄碎；又指把圓
滿的事物搞糟。破壞。

句型

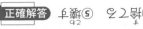
正確解答　⑤壊す　④捨てる　③会　②すっかり　①悲しい

MEMO

Lesson 3

句型

（よ）うと思う

我想買點當地名產給大家。

お土産
（みやげ）
にほんごのたんご

图 當地名產；
禮物

みんなにお土産を買って
こようと思います。

【動詞意向形】＋（よ）うと思う。用「（よ）うと思う」，表示說話人當時自己的想法和意圖。用「（よ）うと思っている」表說話人在某時間持有的打算。中文是：「我想…」、「我要…」。與陳述說話人希望的「たいと思います」相比，「（よ）うと思う」有採取行動的意志，且實現的可能性高。而「たいと思います」不管實現的可能性如何都能使用。

 其它例句

申し上げる
（もうあげる）
他下一 說（「言う」
的謙讓語）

我想跟老師道謝。

▶▶ 先生にお礼を申し上げようと思います。

翻訳・する
（ほんやく）
名・他サ 翻譯，筆譯

我想翻譯英文小說。

▶▶ 英語の小説を翻訳しようと思います。

特急
（とっきゅう）
图 火速；特急
列車

我想搭特急列車前往。

▶▶ 特急で行こうと思う。

柔道
（じゅうどう）
图 柔道

我想學柔道。

▶▶ 柔道を習おうと思っている。

參考形、音、義在底線處寫出正確單字。

合格記憶三步驟：
① 發音練習
② 圖像記憶
③ 最完整字義解說

① ＿＿＿＿＿＿

to kkyu u

指特別加緊速度做某事。
火速。趕快；又指「特別
急行列車」的簡稱。特快。

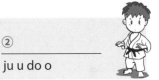

② ＿＿＿＿＿＿

ju u do o

日本武術之一。不用武器，
向對方進攻或防身。

動手寫，成效加倍！

③ ＿＿＿＿＿＿

mo o shi a ge ru

「言う」（說）的謙讓語。比
「申す」（稟告）表示更高一
層的敬意。

④ ＿＿＿＿＿＿

o mi ya ge

從旅行地帶回來的，當地的
土特產品。土產；又指拜訪
別人時帶去的禮物。禮物。

⑤ ＿＿＿＿＿＿

ho n ya ku su ru

指把某國的語言或文章，改
變成別國的語言或文章。

助詞、指示詞

詞類的活用

句型

正確解答　⑤翻訳・する　④お土産　③申し上げる　②柔道　①特急

つもりだ

にほんごのたんご
説明・する
名・他サ 說明，解釋

我打算稍後再說明。

後で説明をするつもりです。

【動詞連體形】＋つもりだ。表示意志、意圖。既可以表示說話人的意志、預定、計畫等。也可以表示第三人稱者的意志。有說話人的打算是從之前就有，且意志堅定的語氣。前面要接辭書形。否定形是「ないつもりだ」。「打算…」、「準備…」的意思。

 其它例句

しばらく
副 好久；暫時 ▶▶

我打算暫時向公司請假。

しばらく会社を休むつもりです。

髪
かみ
名 頭髪 ▶▶

原本想把頭髪剪短，但作罷了。

髪を短く切るつもりだったがやめた。

普通
ふつう
名・形動 普通，平凡 ▶▶

我打算當一名平凡的上班族。

普通のサラリーマンになるつもりだ。

招待・する
しょうたい
名・他サ 邀請，請客 ▶▶

我打算邀請大家來家裡作客。

みんなをうちに招待するつもりです。

☑ 形音義記憶練習

記住這些單字了嗎？

□ 説明（せつめい）・する □ しばらく □ 髪（かみ） □ 普通（ふつう） □ 招待（しょうたい）・する

參考形、音、義在底線處寫出正確單字。

合格記憶三步驟：
① 發音練習
② 圖像記憶
③ 最完整字義解說

① _____

se tsu me e su ru

把某件事的內容、意義有條理地向對方說明白。

② _____

shi ba ra ku

表示某一時間跨度。這個時間跨度比較大，從幾分鐘到幾年；又表示先不忙於處理，回頭再解決目前的問題。

動手寫，成效加倍！

③ _____

ka mi

生長在頭部的毛髮。

④ _____

sho o ta i su ru

指主人宴請客人來作客。用在鄭重的場合。

⑤ _____

fu tsu u

表示與其他事物沒有什麼不同性質的樣子；如果跟否定式相呼應，就表示反常狀態。

（よ）うとする

にほんごのたんご
赤ん坊
あか　ぼう

名 嬰兒

嬰兒在學走路。

赤_{あか}ん坊_{ぼう}が歩_{ある}こうとして<u>いる</u>。

【非意志動詞未然形】＋（よ）うとする。表示動作主體的意志、意圖。（1）表示努力地去實行某動作；（2）表示某動作還在嚐試但還沒達成的狀態，或某動作實現之前。主語不受人稱的限制。「想…」、「打算…」的意思。這裡是用法（1）。

 其它例句

危険
き けん
名・形動 危險

他打算要去危險的地方。

彼_{かれ}は危険_{き けん}なところに行_いこ<u>うとしている</u>。

片付ける
かた　づ
他下一 收拾，打掃；解決

正打算整理教室的時候，老師來了。

教室_{きょうしつ}を片付_{かた づ}け<u>ようとしていたら</u>、先生_{せんせい}が来_きた。

受付
うけつけ
名 詢問處；受理

我想去詢問處，請問在哪一邊？

受付_{うけつけ}に行_いこ<u>うとしている</u>のですが、どちらのほうでしょうか。

運転・する
うんてん
名・自他サ 開車；周轉

正想開車，才發現沒有鑰匙。

車_{くるま}を運転_{うんてん}し<u>ようとしたら</u>、かぎがなかった。

□ 赤ん坊　□ 危険　□ 片付ける　□ 受付　□ 運転・する
　あか　ぼう　　きけん　　かたづ　　　うけつけ　　うんてん

參考形、音、義在底線處寫出正確單字。

合格記憶三步驟：
① 發音練習
② 圖像記憶
③ 最完整字義解說

① _____
ka ta zu ke ru

使散亂的東西，變得整
整齊齊。收拾；解決掛
心的事情。解決。

② _____
u te n su ru

指用動力操縱機器、交通工
具等。駕駛；又指善於周轉
資金，加以活用。周轉。

動手寫，成效加倍！

③ _____
a ka n bo o

出生不久的小孩。說法沒有
「赤ちゃん」讓人覺得可愛。
　あか

④ _____
ki ke n

危險的狀態。相當於「危ない」
　　　　　　　　　　　あぶ
（危險）。

⑤ _____
u ke tsu ke

接待別處來的人，問明來意
並為其傳達的地方。也指擔
任該工作的人；接受申請、
訂貨等。受理。

123

ことにする

にほんごのたんご
警察
けいさつ

名 警察；警察局

決定向警察報案。

警察に**連絡する**<u>ことに</u>
<u>しました</u>。
けいさつ　れんらく

【動詞連體形】＋ことにする。表示說話人以自己的意志，主觀地對
將來的行為做出某種決定、決心。大都用在跟對方報告自己決定的
事。前面要接辭書形的意志動詞。用過去式「ことにした」表示決
定已經形成。「決定…」的意思。

 其它例句

両方
りょうほう
名 兩方，兩種

我還是決定兩種都買。

やっぱり**両方買う**<u>ことにしました</u>。
りょうほう　か

引っ越す
ひ　こ
自五 搬家，遷
居

決定搬到大阪。

大阪に**引っ越す**<u>ことにしました</u>。
おおさか　ひ　こ

何故
なぜ
副 為什麼

為什麼決定去留學呢？

なぜ留学する<u>ことにした</u>のですか。
りゅうがく

月
つき
接尾 …月

決定一個月打一次電話給母親。

一月に**一回**、**母**に**電話する**<u>ことにした</u>。
ひとつき　いっかい　はは　でんわ

☑ 形音義記憶練習

☐ 警察 (けいさつ) ☐ 両方 (りょうほう) ☐ 引っ越す (ひっこす) ☐ 何故 (なぜ) ☐ 月 (つき)

參考形、音、義在底線處寫出正確單字。

合格記憶三步驟：
① 發音練習
② 圖像記憶
③ 最完整字義解說

① _____

hi kko su

遷移住處。也指遷移事務所等工作的場所。

② _____

ke e sa tsu

以維持社會公共秩序，保護國民的生命、財產為目的的國家行政的職能。也指具有該職能的行政機關。

動手寫，成效加倍！

③ _____

tsu ki

接在數字之後，如「1月、2月、3月…」表示第幾個月。

④ _____

ryo o ho o

兩者或兩個的雙方。也常用在人以外的事物。

⑤ _____

na ze

對原因、理由的質疑。強調客觀、理性的原因的存在，且要求對方回答具有實質性的原因。

にする

にほんごのたんご

オーバー
（over）

名 大衣

我要這件黑大衣。

この黒<ruby>黒<rt>くろ</rt></ruby>いオーバーにします。

【體言；副助詞】＋にする。表示決定、選定某事物。「決定…」、「叫…」的意思。

　其它例句

ちゃん
接尾（表親暱稱謂）小…

▶▶ 小舞，你要什麼？

まいちゃんは、何<ruby>何<rt>なに</rt></ruby>にする？

タイプ（type）
名 款式；類型；打字

▶▶ 我要這種款式的電腦。

私<ruby>私<rt>わたし</rt></ruby>はこのタイプのパソコンにします。

値段<ruby>値段<rt>ね だん</rt></ruby>
名 價錢

▶▶ 這個價錢較高，我決定買那個。

こちらは値段<ruby>値段<rt>ね だん</rt></ruby>が高<ruby>高<rt>たか</rt></ruby>いので、そちらにします。

サンダル
（sandale 法）
名 涼鞋

▶▶ 為了涼快，所以不穿鞋子改穿涼鞋。

涼<ruby>涼<rt>すず</rt></ruby>しいので、靴<ruby>靴<rt>くつ</rt></ruby>ではなくてサンダルにします。

□オーバー　□ちゃん　□タイプ　□値段（ねだん）　□サンダル

參考形、音、義在<u>底線</u>處寫出正確單字。

合格記憶三步驟：
① 發音練習
② 圖像記憶
③ 最完整字義解說

①
_____
cha n

「さん」的轉變，對自家人或關係密切的人，親切的稱呼方式。

②
_____
sa n da ru

用帶子或皮帶繫在腳上，或套在腳上穿的一種鞋子。

動手寫，成效加倍！

③
_____
ta i pu

指樣式。又指把人按其特性分類時的典型或類型。還指打字機，及用打字機打字。

④
_____
o o ba a

為了防寒或遮雨，在西服及和服外面穿的衣服。「オーバーコート（overcoat）」（大衣）的簡稱。

⑤
_____
ne da n

商品標出的金額。

助詞、指示詞

詞類的活用

句型

お／ご～ください

山田先生，請進。

山田様、どうぞお入りください。

接尾 先生，小姐

【お動詞連用形；ごサ變動詞詞幹】＋ください。用在對客人、屬下對上司的請要。這也是為了表示敬意而抬高對方行為的表現方式。尊敬程度比「てください」要高。「ください」是「くださる」的命令形。中文的意思是：「請…」。

其它例句

ご存知
名 您知道 (尊敬語)

　　　　　　請告訴我您所知道的事。

ご存知のことをお教えください。

移る
自五 移動；推移；沾到

　　　　　　請移到那邊的座位。

あちらの席にお移りください。

掛ける
他下一 吊掛

　　　　　　請把外套掛在這裡。

ここにコートをお掛けください。

お待たせしました
寒暄 讓您久等了

　　　　　　讓您久等了，請坐。

お待たせしました。どうぞお坐りください。

☑ 形音義記憶練習

記住這些單字了嗎？

☐ 様 ^{さま} ☐ ご存知 ^{ぞん じ} ☐ 移る ^{うつ} ☐ 掛ける ^か ☐ お待たせしました ^ま

參考形、音、義在<u>底線</u>處寫出正確單字。

合格記憶三步驟：
① 發音練習
② 圖像記憶
③ 最完整字義解說

① _____

o ma ta se shi ma shi ta

「待つ」的使役形，表示讓對方久等了，心裡很是過意不去。

② _____

go zo n ji

表示對方已經知道了。「ぞんじ」的敬語，說法尊敬。

動手寫，成效加倍！

③ _____

sa ma

接在人名等名詞之後表示敬意；又如「ごちそうさま」（謝謝您的款待）一般，是鄭重敘述事物時用的詞。

④ _____

u tsu ru

事物的位置、狀態變為別的位置、狀態。移；時間經過。推移；味道或顏色沾染到別的東西上。沾到。

⑤ _____

ka ke ru

使東西牢牢地固定住，以免脫落。使物品穩固地保持那種狀態。掛上。戴上。扣上。

正確解答 ① お待たせしました ② ご存知 ③ 様 ④ 移る ⑤ 掛ける

助詞、指示詞

詞類的活用

句型

129

（さ）せてください

にほんごのたんで
**代わり
に**

請讓我代替父親，做那個工作。

父の代わりに、その仕事をやらせてください。

接續 代替，替代；
交換

【動詞未然形；サ變動詞語幹】＋（さ）せてください。表示「我請對方允許我做前項」之意，是客氣地請求對方允許、承認的說法。用在當說話人想做某事，而那一動作一般跟對方有關的時候。中文的意思是：「請允許…」、「請讓…做…」。

其它例句

けんぶつ
見物・する
名・他サ 觀光，參觀　▶▶

請讓我參觀祭典。

まつ　　けんぶつ
祭りを見物させてください。

れい
お礼
名 謝辭，謝禮　▶▶

請讓我表示一下謝意。

れい　　い
お礼を言わせてください。

こうじょう
工場
名 工廠　▶▶

請讓我在工廠工作。

こうじょう　　はたら
工場で働かせてください。

ぜひ
副・名 務必；好
與壞　▶▶

請務必讓我拜讀您的作品。

さくひん　　　　　よ
あなたの作品をぜひ読ませてください。

130

☑ 形音義記憶練習

記住這些單字了嗎？

□ 代わりに □ 見物・する □ お礼 □ 工場 □ ぜひ
　　か　　　　　　けんぶつ　　　　　　れい　　こうじょう

參考形、音、義在底線處寫出正確單字。

合格記憶三步驟：
① 發音練習
② 圖像記憶
③ 最完整字義解說

① _____
ka wa ri ni

連接詞或句子，表示代替，替換；又用在連接句子，表示交換。

② _____
ze hi

表示主體對對方強烈的希望，常與依賴、信任等詞呼應使用；表示善與惡，好與壞。

動手寫，成效加倍！

③ _____
ko o jo o

使用機器持續地製造，或加工產品的地方。比四五人的家庭式的「工場」規模大。

④ _____
ke n bu tsu su ru

以欣賞為目的，觀看文化娛樂表演、名勝古蹟等。也指觀賞的人。

⑤ _____
o re e

表示謝意的套語或禮物。謝辭。謝禮。

 正確解答　⑤お礼　④見物・する　③工場　②ぜひ　①代わりに

助詞、指示詞

詞類的活用

句型

131

I [a,b] の中から正しいものを選んで、○をつけなさい。

① 大学で歴史を勉強する　（a. つもり　　b. はず）　です。

② 明日は早く起きよう　（a. つもりだ　　b. と思う）。

③ 私は1日中雨の中を　（a. 歩かれ　　b. 歩かせられ）　ました。

④ 新しいお店に行って　（a. したら　　b. みたら）、よかっ
たよ。

⑤ あなたのことを　（a. 傷つける　　b. 傷つけた）　つもりで
はなかった。

⑥ おいしそうなので、今度食べて　（a. みます　　b. みよう）
と思っています。

⑦ 今年こそ N1 合格　（a. しようとする　　b. しよう）。

⑧ その知らせは彼をいっそう　（a. 怒った　　b. 怒らせた）。

II 下の文を正しい文に並べ替えなさい。＿＿＿ に数字を書きなさい。

① 雨が ＿＿＿ ＿＿＿ ＿＿＿ ＿＿＿。
　　1. 帰ろう　　2. ら　　3. 止んだ　　4. 一緒に

② 弟のプレゼント ＿＿＿ ＿＿＿ ＿＿＿ ＿＿＿ ました。
　　1. 自転車　　2. は　　3. に　　4. し

③ 結婚したら、＿＿＿ ＿＿＿ ＿＿＿ ＿＿＿ だ。
　　1. 両親　　2. 住まない　　3. つもり　　4. とは

練習を
しましょう 複習④ **單字題Ⅰ**

Ⅰ [a～e]の中から適当な言葉を選んで、(　　)に入れなさい。

a.家内	b.子	c.赤ん坊	d.僕	e.親

① (　　　　　　　)は足も手も小さいが、よく動いています。

② 父一人で3人の(　　　　　　　)を育て上げました。

③ 大学を卒業しても(　　　　　　)といっしょに住んでいます。

④ (　　　　　　)は今一人暮らしの大学生です。

a.爪	b.髭	c.おなら	d.髪	e.喉

① 風邪で(　　　　　　)が痛くて、声が出そうにも出せません。

② 足の親指の(　　　　　　)が伸びています。

③ 1か月半に1回、床屋に(　　　　　　)を切ってもらいに行っています。

④ 誰か(　　　　　　)をしましたか。部屋中が臭いですよ。

a.サンダル	b.着物	c.毛	d.イヤリング	e.手袋

① この(　　　　　　)は乾きやすいので、雨の日でも履けます。

② この(　　　　　　)は母さんが作ってくれました。とても暖かいです。

③ 洋服に合わせて(　　　　　　)をつけています。

④ 日本の伝統の「(　　　　　　)」は外国人にも大人気だそうです。

助詞、指示詞

詞類的活用

句型

133

I [a,b] の中から正しいものを選んで、○をつけなさい。

① 平日は忙しいから、土曜日に行く　(a. ことにしよう
   b. ようになろう)。

② 後でこの件についてあなたに相談　(a. もらって　　b. させて)
   ください。

③ 今日は料理をする時間がないので、外食　(a. にしよう
   b. になろう)。

④ 沖縄の料理はおいしいかどうか、食べて　(a. みたい
   b. いきたい)　です。

⑤ 何歳になっても夢を諦めようと　(a. しない　　b. する)。

⑥ 大阪に引っ越す　(a. ようと思います　　b. ことにしよう)。

⑦ 私は紅茶　(a. ようにします　　b. にします)。

II 下の文を正しい文に並べ替えなさい。＿＿＿ に数字を書きなさい。

① 警察に ＿＿＿ ＿＿＿ ＿＿＿ ＿＿＿ しました。
   1. に　　2. 連絡　　3. こと　　4. する

② このドアを、＿＿＿ ＿＿＿ ＿＿＿ ＿＿＿ みて。
   1. 強く　　2. 少し　　3. もう　　4. おして

③ アルバイトをしている店で、店長に ＿＿＿ ＿＿＿
   ＿＿＿ られました。
   1. 使い方　　2. 覚えさせ　　3. を　　4. 言葉の

練習を
しましょう 複習④ 單字題II

I [a～e]の中_{なか}から適当_{てきとう}な言葉_{ことば}を選_{えら}んで、（　　）に入_いれなさい。

a. 忘_{わす}れ物_{もの}　b. 普通_{ふつう}　c. 番線_{ばんせん}　d. 船_{ふね}　e. 特急_{とっきゅう}

① 日本_{にほん}の港_{みなと}を出_でた（　　　　　）が太平洋_{たいへいよう}を北_{きた}に向_むかいました。

② （　　　　　　）は速_{はや}いが、行_いきたい駅_{えき}には止_とまらないので、急行_{きゅうこう}に乗_のりましょう。

③ 5（　　　　　　）の大阪行_{おおさかゆ}きの電車_{でんしゃ}に乗_のってください。

④ お（　　　　）のないようにご注意_{ちゅうい}ください。

a. 玩具_{おもちゃ}　b. お土産_{みやげ}　c. 旅館_{りょかん}　d. 景色_{けしき}　e. 小鳥_{ことり}

① 大切_{たいせつ}に育_{そだ}てた（　　　　　）は、ある日_ひ、空_{そら}へ飛_とんで行_いきました。

② 橋_{はし}の上_{うえ}から東京湾_{とうきょうわん}の船_{ふね}や建物_{たてもの}などの（　　　　　）がよく見_みえます。

③ 友達_{ともだち}から新婚旅行_{しんこんりょこう}の（　　　　　）が届_{とど}きました。

④ 海_{うみ}が見_みえる温泉_{おんせん}（　　　　）を予約_{よやく}しました。楽_{たの}しみですね。

a. 正月_{しょうがつ}　b. 贈_{おく}り物_{もの}　c. お礼_{れい}　d. お祭_{まつ}り　e. 番組_{ばんぐみ}

① クリスマスが終_おわり、（　　　　　　）も近_{ちか}いです。

② 日本_{にほん}の夏_{なつ}にはたくさんの（　　　　　）があって、賑_{にぎ}やかです。

③ ご参加_{さんか}いただいた皆様_{みなさま}に厚_{あつ}く（　　　　　）を申_{もう}し上_あげます。

④ デパートで、親戚_{しんせき}の入学祝_{にゅうがくいわ}いの（　　　　　）を買_かいました。

父親說：「明天早上6點叫我起床。」

にほんごのたんご
起こす

父は、「明日の朝、6時に起こしてくれ。」と言った。

他五 扶起；叫醒；引起

【引用的句子】＋と言う。表示某人的說話內容。如果說話內容照原樣被引用的話，就用「」括起來，後接「と」。如果不是照原樣，而是換個說法來轉達內容，就不用括號，而直接把它放在「と」前面（這時候前面要接普通形）。中文是：「說…」。

 其它例句

店員說：「這是非常高級的葡萄酒。」

でございます
自·特殊型「です」鄭重說法
▶▶
店員は、「こちらはたいへん高級なワインでございます。」と言いました。

他說：「真是豪華的房子。」

ずいぶん
副 相當地，很，非常
▶▶
彼は、「ずいぶん立派な家ですね。」と言った。

她說：「真是難過啊！」便哭了起來。

泣く
自五 哭泣
▶▶
彼女は、「とても悲しいです。」と言って泣いた。

兒子說：「我出門啦！」便出去了。

いってまいります
寒暄 我走了
▶▶
息子は、「いってまいります。」と言ってでかけました。

☑ 形音義記憶練習

記住這些單字了嗎？

□ 起こす　□ でございます
□ ずいぶん　□ 泣く　□ いってまいります

參考形、音、義在<u>底線</u>處寫出正確單字。

合格記憶三步驟：
① 發音練習
② 圖像記憶
③ 最完整字義解說

①
_____
o ko su

使躺著的人或物立起來。扶起；又指叫醒某人；還指使產生不好的狀態。引起。

②
_____
i tte ma i ri ma su

有禮貌地在臨行、臨出門時，對長輩說「我要出門啦」的習慣說法。

動手寫，成效加倍！

③
_____
na ku

因悲傷或痛苦，悔恨或喜悅、疼痛等，忍耐不住而放出悲聲或流下眼淚。

④
_____
de go za i ma su

「ございます」是比「あります」（有）更恭敬的形式，都用於鄭重的對話或書信中。

⑤
_____
zu i bu n

表示程度大大超過了平均水平，超乎想像的程度。一般帶有感嘆和吃驚的語氣。

正確解答　⑤ずいぶん　④でございます　③泣く　②いってまいります　①起こす

助詞、指示詞

詞類的活用

句型

はじめる

にほんごのたんご

心配・する
しんぱい

名・自サ 擔心；照顧

由於兒子沒回來，父親開始擔心起來了

息子が帰ってこないので、
むすこ　かえ
父親は心配しはじめた。
ちちおや　しんぱい

【動詞連用形】＋はじめる。表示前接動詞的動作、作用的開始。前面可以接他動詞，也可以接自動詞。「開始…」的意思。

其它例句

台風
たいふう
名 颱風

颱風來了，開始刮起風了。

台風が来て、風が吹きはじめた。
たいふう　き　かぜ　ふ

鳴る
な
自五 響，叫；
聞名

鈴聲一響起，就請停筆。

ベルが鳴りはじめたら、書くのを
な　か
やめてください。

熱心
ねっしん
名・形動 專注，
熱衷，熱心

每天一到 10 點，便開始專心唸書。

毎日 10 時になると、熱心に勉強しは
まいにち　じ　ねっしん　べんきょう
じめる。

眠い
ねむ
形 睏的，想
睡的

喝了酒，便開始想睡覺了。

お酒を飲んだら、眠くなりはじめた。
さけ　の　ねむ

□ 心配・する　□ 台風　□ 鳴る　□ 熱心　□ 眠い
<small>しんぱい</small>　　　<small>たいふう</small>　<small>な</small>　<small>ねっしん</small>　<small>ねむ</small>

參考形、音、義在底線處寫出正確單字。

合格記憶三步驟：
① 發音練習
② 圖像記憶
③ 最完整字義解說

① _____
shi n pa i su ru

指擔心是不是會發生什麼
不好的事，心情不安定；
又指惦記著並給予照顧。
操心。照顧。

② _____
ne mu i

表示馬上就要睡覺的感覺。
也指還想多睡一會兒的感
覺。

動手寫，成效加倍！

③ _____
ta i fu u

在南洋海上產生的熱帶
低氣壓中，最大風速在
17 公尺以上。從夏到秋
侵襲台灣、中國、日本。

④ _____
ne sshi n

指對某事傾注熱情，拼命努
力。

⑤ _____
na ru

發出聲響，耳朵可以聽得到。

だす

にほんごのたんご
開く
［自・他五］綻放；拉開；開

玫瑰花綻放開來了。

ばらの花が開きだした。

【動詞連用形】＋だす。跟「はじめる」幾乎一樣。表示動作、狀態的開始。「…起來」的意思。

　其它例句

増える
［自下一］增加，增多

不結婚的人多起來了。

▶▶ 結婚しない人が増えだした。

まま
［名］如實，照舊；隨意

沒穿著鞋，就跑起來了！

▶▶ 靴もはかないまま、走りだした。

によると
［連語］根據，依據

根據氣象報告說，7點左右將開始下雪。

▶▶ 天気予報によると、7時ごろから雪が降りだすそうです。

沸く
［自五］煮沸，煮開；興奮

熱水一煮開，就請把瓦斯關掉。

▶▶ お湯が沸きだしたから、ガスをとめてください。

☑ 形音義記憶練習

記住這些單字了嗎？

☐ 開く ☐ 増える ☐ まま ☐ によると ☐ 沸く

參考形、音、義在<u>底線</u>處寫出正確單字。

合格記憶三步驟：
① 發音練習
② 圖像記憶
③ 最完整字義解說

①
_____
hi ra ku

指花開了；還指前面的人跟落後的人之間距離變大。拉開；把關閉著的東西開了。開。

動手寫，成效加倍！

②
_____
wa ku

水被加熱而沸騰。也指變熱。開；又指情緒高昂。興奮。

③
_____
fu e ru

數或量變多。增加；又指財產等變多。

④
_____
ma ma

指不改變其原有的狀態。照原樣。原原本本。如實；又指隨自己的意願。隨意。

⑤
_____
ni yo ru to

表示消息或信息的來源或出處。根據…。

助詞、指示詞

詞類的活用

句型

すぎる

にほんごのたんご
深い
ふか

形 深的；深遠；深刻

> 這個游泳池太過深了，很危險！

このプールは深_{ふか}すぎて、危_{あぶ}ない。

【形容詞、形容動詞詞幹 ・ 動詞連用形】＋すぎる。表示程度超過限度，超過一般水平，過份的狀態。含有由於過度，而無法令人滿意或喜歡；也有已經過時的意思。「太…」、「過於…」的意思。

 其它例句

はっきり
副 清楚；直接了當

> 你說得太露骨了。
> 君_{きみ}ははっきり言_いいすぎる。

人口
じんこう
名 人口

> 我住的城市人口過多。
> 私_{わたし}の町_{まち}は人口_{じんこう}が多_{おお}すぎます。

不便
ふべん
形動 不方便

> 這機械太不方便了。
> この機械_{きかい}は、不便_{ふべん}すぎます。

焼く
や
他五 焚燒；烤

> 肉烤過頭了。
> 肉_{にく}を焼_やきすぎました。

142

☑ 形音義記憶練習

□ 深い　□ はっきり　□ 人口　□ 不便　□ 焼く

參考形、音、義在底線處寫出正確單字。

合格記憶三步驟：
① 發音練習
② 圖像記憶
③ 最完整字義解說

① _____
fu be n

指生活上、或使用上不方便。

② _____
ya ku

點火燒東西。焚燒；又指用火烤。烤。

動手寫，成效加倍！

③ _____
ha kki ri

物體的輪廓，事物的區別，言語的意義、內容等得到清晰的辨明的樣子。

④ _____
ji n ko o

在一定地區內居住的人數。

⑤ _____
fu ka i

表示到離底部或裡面的距離長。在語感上以頭部為基準，向深處發展；又表示程度或量大的樣子。

助詞、指示詞

詞類的活用

句型

143

ことができる

頂樓可以踢足球。

にほんごのたんご

おくじょう
屋上 ▶ **屋上でサッカーをする ことができます。**

图 屋頂

【動詞連體形】＋ことができる。表示技術上、身體的能力上，是有能力做的。或是在外部的狀況、規定等客觀條件允許時可能做。說法比「可能形」還要書面語一些。「能…」、「會…」的意思。

 其它例句

かいじょう
会場 ▶▶ 我也可以進會場嗎？
图 會場　わたし かいじょう はい
私も会場に入ることができますか。

ごらんになる 從這裡可以看到富士山。
他五 看，閱讀 (尊敬語) ▶▶ ここから、富士さんをごらんになることができます。

きゅう
急に ▶▶ 車子沒辦法突然停下來。
副 突然　くるま きゅう と
車は、急に止まることができない。

こう 雖然這樣也可以，但也可以那樣做。
副 這樣，這麼 ▶▶ こうしてもいいが、そうすることもできる。

☑ 形音義記憶練習

記住這些單字了嗎？

□ 屋上 おくじょう　□ 会場 かいじょう　□ ごらんになる　□ 急に きゅう　□ こう

參考形、音、義在<u>底線處</u>寫出正確單字。

合格記憶三步驟：
① 發音練習
② 圖像記憶
③ 最完整字義解說

①
_____
go ra n ni na ru

「見る」（看、觀賞）的尊敬語形式。表示恭敬地請對方觀看。

②
_____
ko o

指示眼前的物或近處的事時用的詞。

動手寫，成效加倍！

③
_____
kyu u ni

表示事態在沒有預兆的情況下，在短時間內變化很大。

④
_____
o ku jo o

在大樓等比較大的建築物，最上面屋外平坦的地方。屋頂平台。

⑤
_____
ka i jo o

開會或進行商品銷售的場所。

助詞、指示詞

詞類的活用

句型

正確解答　①ごらんになる　②こう　③急に きゅう　④屋上 おくじょう　⑤会場 かいじょう

145

（ら）れる（可能）

誰都可以成為有錢人。

にほんごのたんご

お金持ち
名 有錢人

▶ だれでもお金持ちになれる。

【一段動詞、力變動詞未然形】＋られる；【五段動詞未然形 · サ變動詞未然形さ】＋れる。跟「ことができる」意思幾乎一樣只是較口語。（1）表技術上、身體能力上具有某種能力。「會…」之意；（2）從客觀環境條件來看有可能做某事。「能…」之意。日語中，他動詞的對象用「を」表示，但可能形的句子裡「を」要改成「が」。這裡是用法（2）。

其它例句

踊る
自五 跳舞

我會跳探戈舞。

▶▶ 私はタンゴが踊れます。

取り替える
他下一 交換；更換

可以更換新產品。

▶▶ 新しい商品と取り替えられます。

沸かす
他五 煮沸；使沸騰

這裡可以煮開水。

▶▶ ここでお湯が沸かせます。

決して
副 絕對

這件事我絕不跟任何人說。

▶▶ このことは、決してだれにも言えない。

□お金持ち　□踊る　□取り替える　□沸かす　□決して

參考形、音、義在底線處寫出正確單字。

合格記憶三步驟：
① 發音練習
② 圖像記憶
③ 最完整字義解說

① _____

o ka ne mo chi

持有很多錢或物的人。

② _____

o do ru

隨著節奏輕快地扭動身軀。

動手寫，成效加倍！

③ _____

ke sshi te

與後面的否定詞語或表示禁止的詞語相呼應，表示無論發生任何事情都不…。

④ _____

to ri ka e ru

把自己的東西和對方的東西互相交換。交換；又指把至今使用的東西換成新的或別的東西。更換。

⑤ _____

wa ka su

指加熱，把水等燒熱、燒開。燒開；又指使其興奮得幾乎發狂。使…沸騰。

助詞、指示詞

詞類的活用

句型

ほうがいい

柔軟的棉被比較好。

柔らかい

柔らかい布団のほうがいい。

形 柔軟；和藹；靈活

【體言の；動詞連體形】＋ほうがいい。用在向對方提出建議，或忠告的時候。有時候雖然是「た形」，但指的卻是以後要做的事。否定形為「ないほうがいい」。中文是：「最好…」、「還是…為好」。

其它例句

予習
名・他サ 預習

上課前預習一下比較好。
授業の前に予習をしたほうがいいです。

忘れ物
名 遺忘物品，遺失物

最好別太常忘東西。
あまり忘れ物をしないほうがいいね。

熱
名 高溫；熱；發燒

發燒時最好休息一下。
熱がある時は、休んだほうがいい。

多い
形 多的

多一點朋友比較好。
友だちは、多いほうがいいです。

☑ 形音義記憶練習

記住這些單字了嗎？

□ 柔らかい　□ 予習　□ 忘れ物　□ 熱　□ 多い

參考形、音、義在底線處寫出正確單字。

合格記憶三步驟：
① 發音練習
② 圖像記憶
③ 最完整字義解說

① _____

yo shu u

還沒學過的，老師還沒
教的，課前事先學習。

② _____

o o i

客觀地表示數量、次數、
比例多的樣子。

動手寫，成效加倍！

③ _____

wa su re mo no

指把應該拿去或拿來的東西，
由於疏忽而遺忘在什麼地方
了。也指遺忘的東西。

④ _____

ya wa ra ka i

柔軟、不硬的樣子。柔軟；又
指溫和的樣子。和藹；還指頭
腦靈活的樣子。靈活。

⑤ _____

ne tsu

高溫度。也指能使物體溫度
升高的熱能。熱；又指因生
病等而升高的體溫。燒。

 正確解答　①よしゅう ②おおい ③わすれもの ④やわらかい ⑤ねつ

助詞、指示詞

詞類的活用

句型

たがる

にほんごのたんご

意見
(いけん)

名・自他サ 意見；
勧告

那個學生，總是喜歡發表意見。

あの学生は、いつも意見を言いたがる。
(がくせい) (いけん) (い)

↑

【動詞連用形】＋たがる。用在表示第三人稱，顯露在外表的願望或希望。是「動詞連用形」＋「たい的詞幹」＋「がる」來的。中文是：「想…」、「願意…」。

 其它例句

お子さん
(こ)
名 您孩子

您小孩喜歡吃什麼東西？

お子さんは、どんなものを食べたがりますか。
(た)

学部
(がくぶ)
接尾 …科系；…院系

他想進醫學院。

彼は医学部に入りたがっています。
(かれ) (いがくぶ) (はい)

親
(おや)
名 父母

父母希望我當醫生。

親は私を医者にしたがっています。
(おや) (わたし) (いしゃ)

関係
(かんけい)
名 關係；影響

大家都很想知道他們兩人的關係。

みんな、二人の関係を知りたがっています。
(ふたり) (かんけい) (し)

☑ 形音義記憶練習

☐ 意見(いけん)　☐ お子(こ)さん　☐ 学部(がくぶ)　☐ 親(おや)　☐ 関係(かんけい)

參考形、音、義在底線處寫出正確單字。

合格記憶三步驟：
① 發音練習
② 圖像記憶
③ 最完整字義解說

①
＿＿＿＿＿＿＿＿＿
i ke n

就某一問題的個人想法。
見解；又指對別人錯誤
加以勸阻。勸告。

②
＿＿＿＿＿＿＿＿＿
o ya

親生父母。也指養育孩
子的人。

動手寫，成效加倍！

③
＿＿＿＿＿＿＿＿＿
o ko sa n

對別人孩子的尊稱。

④
＿＿＿＿＿＿＿＿＿
ga ku bu

「学部」是指大學裡，根據學
術領域而大體劃分的單位。院
系。

⑤
＿＿＿＿＿＿＿＿＿
ka n ke e

兩個以上事物之間的聯繫。
關係；某事物對別的事物，
給予某種影響之類的特別
關係。影響。

151

助詞、指示詞

詞類的活用

句型

なければならない

にほんごのたんで
支度（し たく）・する

名｜自サ 準備，預備

我得準備旅行事宜。

旅行の支度（りょこう）（し たく）をし**なければなりません**。

【動詞未然形】＋なければならない。表示義務和責任。無論是自己或對方，從社會常識或事情的性質來看，不那樣做就不合理，有義務要那樣做，當然要那樣做。一般用在對社會上的一般行為。口語上「なければ」說成「なきゃ」。「必須…」、「應該…」的意思。

 其它例句

すると
接續 於是；這樣一來

這樣一來，你明天不就得去學校了嗎？

すると、あなたは明日学校（あした がっこう）に行（い）か**なければならない**のですか。

食料品（しょくりょうひん）
名 食品

得去買派對用的食品。

パーティーのための**食料品**（しょくりょうひん）を買（か）わ**なければなりません**。

たまに
副 偶爾

偶爾得去祖父家才行。

たまに祖父（そ ふ）の家（いえ）に行（い）か**なければならない**。

年（とし）
名 年齡；一年

也得要寫年齡嗎？

年（とし）も書（か）か**なければなりませんか**。

☑ 形音義記憶練習

記住這些單字了嗎？

□支度・する　□すると　□食料品　□たまに　□年

參考形、音、義在<u>底線</u>處寫出正確單字。

合格記憶三步驟：
① 發音練習
② 圖像記憶
③ 最完整字義解說

① _____

ta ma ni

某事物發生的次數極少的樣子。

② _____

to shi

指年齡。歲。年紀；又指地球繞太陽一周的時間。一年。

動手寫，成效加倍！

③ _____

su ru to

表示行為主體完成一個動作後，出現意外情況。於是；又表示根據已知的情況進行推斷，而得出當然的結論。這麼一來。

④ _____

shi ta ku su ru

指準備需要的物品，以便隨時可以著手做什麼。

⑤ _____

sho ku ryo o hi n

食品，尤其是指主食以外的食品。例如，肉類、蔬菜類、水果等。

正確解答　①たまに　②年　③すると　④支度・する　⑤食料品

助詞、指示詞

詞類的活用

句型

153

なくてはいけない

下星期前得付款。

にほんごのたんご
払う
はら

他五 付錢；除去；
傾注

来週までに、お金を払わなくてはいけない。
らいしゅう　　　　　かね　　はら

【動詞未然形】＋なくてはいけない。表示義務和責任。多用在個別的事情，對某個人。口氣比較強硬，所以一般用在上對下，或同輩之間。縮約形「なくては」為「なくちゃ」。有時也只說「なくちゃ」，而把後面省略掉。「必須…」的意思。

其它例句

法律
ほうりつ
名 法律 ▶▶

一定要遵守法律。
法律は、ぜったい守らなくてはいけません。
ほうりつ　　　　　　まも

復習
ふくしゅう
名・他サ 複習 ▶▶

下課後一定得複習嗎？
授業の後で、復習をしなくてはいけませんか。
じゅぎょう　あと　　ふくしゅう

やすい
接尾 容易… ▶▶

容易感冒，所以得小心一點。
風邪をひきやすいので、気をつけなくてはいけない。
かぜ　　　　　　　　　き

予約・する
よやく
名・他サ 預約 ▶▶

得預約餐廳。
レストランの予約をしなくてはいけない。
よやく

☑ 形音義記憶練習　　記住這些單字了嗎？

參考形、音、義在底線處寫出正確單字。

合格記憶三步驟：
① 發音練習
② 圖像記憶
③ 最完整字義解說

①
_____
yo ya ku su ru

預先約定要購買的物品，
或預先定好座位、房間
等，事先確保好自己要
的東西。也指其約定。

②
_____
fu ku shu u

指把教給自己的東西，自己
反覆地學習。

動手寫，成效加倍！

③
_____
ha ra u

指支付貨款或費用。支付；
又指用力地除去附著的障
礙物。

④
_____
ho o ri tsu

由國會制訂的，公民必須遵守
的法規。

⑤
_____
ya su i

接在動詞後面，構成形容詞，
表示「那樣做容易」的意思；
又指那種傾向很強的意思。

助詞、指示詞

詞類的活用

句型

のに

にほんごのたんご

留守
る　す

名 不在家；看家

> 我去找他玩，他卻不在家。

遊びに行った<u>のに</u>、留守
だった。
あそ　　　　い　　　　　　　　　　る　す

【動詞連體形】＋のに。「のに」除了表示前後的因果關係之外，還
可以表示目的。相當於「のために」。這是助詞「に」，加上「以動
詞辭書形做謂語的名詞修飾短句＋の」而來的。

其它例句

昼休み
ひるやす
名 午休

▶▶

> 午休卻得工作。

昼休み<u>なのに</u>、仕事をしなければなり
ひるやす　　　　　　　　しごと
ませんでした。

治る
なお
自五 變好；改
正；治癒

▶▶

> 感冒才治好，這次卻換受傷了。

風邪が治った<u>のに</u>、今度はけがをしま
か　ぜ　　なお　　　　　　　こん　ど
した。

ため
名 (表目的) 為了；(表
原因) 因為 (表目的)
為了；(表原因) 因為

▶▶

> 這是特地為你買的，你不吃嗎？

あなたのために買ってきた<u>のに</u>、
か
食べないの？
た

機会
き　かい
名 機會

▶▶

> 難得有這麼好的機會去見她，卻這樣真是可惜。

彼女に会えるいい機会だった<u>のに</u>、
かのじょ　あ　　　　　　き　かい
残念でしたね。
ざんねん

☑ 形音義記憶練習

記住這些單字了嗎？

☐ 留守 (る す) ☐ 昼休み (ひるやす) ☐ 治る (なお) ☐ ため ☐ 機会 (き かい)

參考形、音、義在底線處寫出正確單字。

合格記憶三步驟：
① 發音練習
② 圖像記憶
③ 最完整字義解說

①
_____
hi ru ya su mi

吃完午餐後的休息。也指
該休息時間。

動手寫，成效加倍！

②
_____
ta me

表示有目的為人或組織做有
用的事。為了。還表示某事
是原因。因為。

③
_____
ki ka i

做什麼事情正合適
的時機。

④
_____
na o ru

壞了的東西變成理想的狀態。
變好；改掉壞毛病和壞習慣。
改正；治好病或傷口恢復健
康。治好。

⑤
_____
ru su

指外出，不在家，家裡沒人。
不在；又指家裡人外出之後，
留下來看家。看家。

正確解答 ⑤ るす ④ なおる ③ きかい ② ため ① ひるやすみ

助詞、指示詞

詞類的活用

句型

にほんごのたんご

いらっしゃる

自五 來，去，在（尊敬語）

如果很忙，不來也沒關係的。

いそが
忙しければ、いらっしゃ
らなくてもいいですよ。

【動詞連用形】＋てもいい。表示許可或允許某一行為。如果說的是聽話人的行為，表示允許聽話人某一行為。如果說話人用疑問句詢問某一行為，表示請求聽話人允許某行為。「…也行」、「可以…」的意思。

 其它例句

御・御
接頭 可形成尊敬語、謙讓語、美化語

▶▶

不跟鄰居打聲招呼好嗎？

きんじょ
ご近所にあいさつをしなくてもいいですか。

カーテン
（curtain）
名 窗簾

▶▶

不拉上窗簾也沒關係吧！

カーテンをしめなくてもいいでしょう。

ガソリン
（gasoline）
名 汽油

▶▶

不加油沒關係嗎？

い
ガソリンを入れなくてもいいんですか。

もらう
他五 收到，拿到

▶▶

不用給我也沒關係。

わたし
私は、もらわなくてもいいです。

☑ 形音義記憶練習

□いらっしゃる □御・御 □カーテン □ガソリン □もらう

參考形、音、義在底線處寫出正確單字。

合格記憶三步驟：
① 發音練習
② 圖像記憶
③ 最完整字義解說

①
_____
ka a te n

為隔開屋內的房間、裝飾或遮日光等掛的布。

②
_____
ga so ri n

由石油製成的燃料之一，揮發性強，作為汽車等的燃料。

動手寫，成效加倍！

③
_____
i ra ssha ru

「行く」（去）、「来る」（來）、「いる」（在）的尊敬語。

④
_____
go・o

冠在有關對方的事物的漢字詞彙上，表示尊敬；又冠在表示自己行為的漢字詞彙上，表示自謙。

⑤
_____
mo ra u

接受別人給的東西。

正確解答 ①カーテン ②ガソリン ③いらっしゃる ④御・御 ⑤もらう

159

てもかまわない

にほんごのたんご

用事
よう じ

图 事情，工作

如果有事，不去也沒關係。

**用事があるなら、行か
なくてもかまわない。**

【動詞、形容詞連用形】＋てもかまわない；【形容動詞詞幹・體言】＋
でもかまわない。表示讓步關係。雖然不是最好的，或不是最滿意
的，但妥協一下，這樣也可以。「即使⋯也沒關係」、「⋯也行」的意
思。

　其它例句

ひげ
图 鬍鬚

▶▶

今天休息，所以不刮鬍子也沒關係。

**今日は休みだから、ひげをそらなくて
もかまいません。**

別に
べつ
剾 (後接否定)
不特別

▶▶

不教我也沒關係。

別に教えてくれなくてもかまわないよ。

周り
まわ
图 周圍，周邊

▶▶

不必在乎周圍的人也沒有關係！

**周りの人のことを気にしなくてもか
まわない。**

味噌
み そ
图 味噌

▶▶

這道菜不用味噌也行。

**この料理は、味噌を使わなくてもか
まいません。**

□用事　□ひげ　□別に　□周り　□味噌

參考形、音、義在底線處寫出正確單字。

合格記憶三步驟：
① 發音練習
② 圖像記憶
③ 最完整字義解說

① _____
yo o ji

應完成的工作，必須辦
的事情。

② _____
mi so

一種調味料。把蒸熟的黃
豆搗碎，和鹽、麴子拌在
一起，使其發酵製成。

動手寫，成效加倍！

③ _____
ma wa ri

表示附近、周圍。

④ _____
hi ge

成年男子的嘴、下巴或面頰
周圍長的毛。

⑤ _____
be tsu ni

和後面的否定詞相呼應，表
示「沒什麼特別…的」。

 正確解答　⑤別に　④ひげ　③周り　②味噌　①用事

てはいけない

にほんごのたんご

虫
むし

名 蟲；昆蟲

不可殺動物或昆蟲。

動物や虫を殺してはいけない。
（どうぶつ）（むし）（ころ）

【動詞連用形】＋てはいけない。表禁止。(1) 表示根據某規則或一般道德，不能做前項。常用在交通標誌、禁止標誌或衣服上洗滌標示等。是間接的表現。(2) 根據某種理由、規則，直接跟聽話人表示不能做前項事情。由於說法直接，所以一般限用在上司對部下，長輩對晚輩。「不准…」、「不許…」、「不要…」的意思。這裡是用法 (2)。

其它例句

遠く
（とお）
名 遠處；很遠

▶▶

不可以走到太遠的地方。

あまり遠くまで行ってはいけません。
（とお）（い）

始める
（はじ）
他下一 開始

▶▶

在鈴聲響起前，不能開始考試。

ベルが鳴るまで、テストを始めてはいけません。
（な）（はじ）

知らせる
（し）
他下一 通知，讓對方知道

▶▶

這個消息不可以讓他知道。

このニュースを彼に知らせてはいけない。
（かれ）（し）

触る
（さわ）
自五 碰觸，觸摸；傷害

▶▶

絕對不可觸摸這個按紐。

このボタンには、ぜったい触ってはいけない。
（さわ）

162

☑ 形音義記憶練習

記住這些單字了嗎？

□ 虫（むし） □ 遠く（とおく） □ 始める（はじめる） □ 知らせる（しらせる） □ 触る（さわる）

參考形、音、義在底線處寫出正確單字。

①

_____

ha ji me ru

開始行動，開始做某事的意思。

合格記憶三步驟：
① 發音練習
② 圖像記憶
③ 最完整字義解說

②

_____

sa wa ru

指用手摸某事物。摸；又指傷害心情。傷害。

動手寫，成效加倍！

③

_____

mu shi

一般昆蟲，如螞蟻、蠅、蜻蜓等。秋天叫聲好聽的蟋蟀、金鈴子等；給人們帶來害處的如跳蚤、蝨子等。

④

_____

to o ku

表示距離上間隔很遠；又強調在時間、距離、程度上相距很遠。

⑤

_____

shi ra se ru

向別人傳達某事，讓他知道。

正確解答　⑤しらせる　④とおく　③むし　②さわる　①はじめる

助詞、指示詞

詞類的活用

句型

163

な（禁止）

にほんごのたんご
石
いし

❷石頭

> 不要把石頭丟進池塘裡。
>
> 池に石を投げる**な**。
> いけ いし な

↑

【動詞連用形】＋な。表示禁止。命令對方不要做某事的說法。由於說法比較粗魯，所以大都是直接面對當事人說。一般用在對孩子、兄弟姊妹或親友時。也用在遇到緊急或吵架的時候。還用在交通號誌、標語等，用來表示警告的內容。中文是：「不准…」、「不要…」。

 其它例句

遅れる
おく
自下一 遲到；
緩慢

▶▶
> 不要遲到。
>
> 時間に遅れる**な**。
> じかん おく

地震
じ しん
❷地震

▶▶
> 地震的時候不要搭電梯。
>
> 地震の時はエレベーターに乗る**な**。
> じしん とき の

釣る
つ
他五 釣魚；引
誘

▶▶
> 不要在這裡釣魚。
>
> ここで魚を釣る**な**。
> さかな つ

かまう
自他五 在意，
理會；逗弄

▶▶
> 不要理那種男人。
>
> あんな男にはかまう**な**。
> おとこ

☑ 形音義記憶練習

 □石　□遲れる　□地震　□釣る　□かまう
　　　いし　　　おく　　　　じしん　　　　つ

參考形、音、義在<u>底線</u>處寫出正確單字。

合格記憶三步驟：
① 發音練習
② 圖像記憶
③ 最完整字義解說

① _____

o ku re ru

沒有趕上規定的時期或時間。遲到；又指進度比一般所預料的慢。緩慢。

② _____

ji shi n

指由斷層運動或火山運動引起的地面震動。

動手寫，成效加倍！

③ _____

i shi

比岩石小，比沙子大的礦物。

④ _____

ka ma u

視為問題，而放在心上。介意；對弱者半開玩笑地戲弄。逗弄。

⑤ _____

tsu ru

用釣鉤捕魚。釣；又指用利益引誘，使別人按自己的意願行動。引誘。

練習を
しましょう 複習⑤ 文法題Ⅰ

Ⅰ [a,b] の中から正しいものを選んで、○をつけなさい。

① 子どもの口の周りにチョコがついていたのを見て、皆が一緒に笑い （a. 出した　　b. 始めた）。

② 先月からネコを （a. 飼う　　b. 飼い） 始めました。

③ 彼は日本酒を 10 本 （a. も　　b. が） 飲んだ。

④ 突然、大きな犬が飛び （a. 出して　　b. いて） きて驚きました。

⑤ 昨日は （a. 食べ　　b. 食べた） すぎてしまった。胃が痛い。

⑥ 今年もインフルエンザになる人が増え （a. きました　　b. 始めました）。

⑦ 写真を見ると、幼い頃を思い （a. 始まります　　b. 出します）。

⑧ 学生なのに勉強 （a. しなさ　　b. しない） すぎるよ。

Ⅱ 下の文を正しい文に並べ替えなさい。　＿＿＿＿ に数字を書きなさい。

① このお菓子、＿＿＿ ＿＿＿ ＿＿＿ ＿＿＿ 止まらなくなる。

　　1. 始める　　2. 1度　　3. 食べ　　4. と

② 昨日はコーヒー ＿＿＿ ＿＿＿ ＿＿＿ ＿＿＿。

　　1. 何ばい　　2. 飲んだ　　3. を　　4. も

③ その言葉を聞いて、＿＿＿ ＿＿＿ ＿＿＿ ＿＿＿ 出した。

　　1. わっと　　2. 泣き　　3. は　　4. 彼女

166

練習を
しましょう 複習⑤ **單字題 I**

I [a～e]の中から適当な言葉を選んで、( )に入れなさい。

a. 枝	b. 台風	c. 雲	d. 月	e. 地震

① 今夜は空の( )がとっても丸くてきれいです。

② 今日は( )一つない、素晴らしい天気です。

③ 強い風で木の( )が揺れています。

④ ( )のため、飛行機をやめて、新幹線で帰ります。

a. ゴミ	b. ガソリン	c. 石	d. 林	e. 絹

① 私たちが着ている着物の大半は( )でできています。

② 2週間前に買ったパンは( )のように硬くなって
いました。

③ 出発する前に、車に( )を入れましょう。

④ 燃えない( )は、毎週火曜日に出してください。

II [a～e]の中から適当な言葉を選んで、( )に入れなさい。
(必要なら形を変えなさい)

a. しっかりする	b. 笑う	c. 驚く	d. 泣く	e. 怒る

① 電気代の請求書を見て「急に電気料金が増えた。電気代が高
い。」と( )しまいました。

② あの手この手を使ってやっと赤ちゃんを( )わせ
ました。

③ 宿題をしなかったら、お父さんに( )られました。

④ 後悔しているようで、彼女は( )ながら謝りました。

I　[a,b] の中から正しいものを選んで、○をつけなさい。

① （a. はずかしい　　b. はずかし）　がらなくていいですよ。
大きな声で話してください。

② お金が出るから　（a. 心配します　　b. 心配する）　な。

③ 一軒家を建てるのに、10億円　（a. も　　b. に）　使いました。

④ 息子は病院に　（a. 行き　　b. 行っ）　たがらない。

⑤ 子どもがタブレットを　（a. ほしがっています　　b. ほし
がる）。

⑥ この機械は、　（a. 不便に　　b. 不便）　すぎます。

⑦ 彼は自分の過去を話し　（a. たくなかった　　b. たがらな
かった）。

II　下の文を正しい文に並べ替えなさい。_____ に数字を書きなさい。

① 子どもがいつも　_____　_____　_____　_____　たが
る。
1. に　　2. パソコン　　3. 私の　　4. さわり

② 最後の試合で負けて、_____　_____　_____　_____。
1. くやし　　2. が　　3. がった　　4. みんな

③ _____　_____　_____　_____　すぎる。
1. 君　　2. はっきり　　3. 言い　　4. は

練習を
しましょう **複習⑤** **單字題II**

I [a～e]の中から適当な言葉を選んで、( )に入れなさい。

| a.この間　b.まず　c.もうすぐ　d.しばらく　e.たまに |

① 東の空から明るくなってきました、( ) 夜が明けますよ。

② お金持ちになりたいなら、( )は「考え方を変えること」から始めましょうね。

③ 日本料理もいいけど、( )はイタリア料理もいいですね。

④ 雨が止むまで、( )ここで休みましょう。

| a.たとえば　b.決して　c.はっきり　d.しっかり　e.もし |

① 嫌いなら嫌いと( )言ってください。

② ゴミはゴミ箱に捨てましょう。( )川に捨ててはいけません。

③ 昼は( )食べますが、朝と夜は簡単に済ませています。

④ 最近、やる気のある人が多いです。( )太郎君です。

| a.だから　b.すると　c.それに　d.けれど　e.または |

① 太郎君は箱を開けました。( )中から白い犬が出て来ました。

② これは健康に良いし、安いし、( )おいしいです。

③ 昔は朝ご飯を全然食べなかった( )、最近はよく食べます。

④ 今宿題をしているところ( )、静かにしてください。

I [a,b] の中から正しいものを選んで、〇をつけなさい。

① すると、あなたは明日学校に　(a. 行かなければ
b. 行っては)　ならないのですか。

② 今日中に　(a. 終わせなくても　　b. 終わらせなくては)
ならない仕事があります。

③ 彼が泥棒ならば、(a. 捕まえなければならない　　b. 捕ま
えてはいけない)。

④ お酒を飲んだら、車を　(a. 運転するな　　b. 運転しなさい)。

⑤ 彼らも規則を　(a. 守って　　b. 守らなくて)　はいけません。

⑥ 電車の中で、大きい声で話し　(a. てはありません
b. てはいけません)。

⑦ 試験に出るから、教科書に載っているものを全部　(a. 覚え
なければなりません　　b. 覚えてはいけません)　よ。

II 下の文を正しい文に並べ替えなさい。_____ に数字を書きなさい。

① 我々はこの問題を　_____　_____　_____　_____　ない。

1. なら　　2. ては　　3. 直さ　　4. なく

② 禁煙は　_____　_____　_____　_____　意味です。

1. すう　　2. たばこを　　3. な　　4. という

③ ここで　_____　_____　_____　_____。

1. たばこ　　2. 吸って　　3. はいけない　　4. を

練習を
しましょう 複習⑤ **單字題III**

Ⅰ [a～e]の中から適当な言葉を選んで、（　　　）に入れなさい。

| a.米^{こめ} | b.支度^{したく} | c.湯^ゆ | d.夕飯^{ゆうはん} | e.ジャム |

① 朝^{あさ}はパンに（　　　　　　　）を塗^ぬって食^たべ、昼^{ひる}はパンにハムを
挟^{はさ}んで食^たべます。

② 水^{みず}が良^よくないので、おいしい（　　　　　　　）が育^{そだ}ちません。

③ （　　　　　　　）はいつも家族^{かぞく}みんなが帰^{かえ}るまで待^まってから食^たべます。

④ お（　　　　　　　）が沸^わきました。急須^{きゅうす}にティーバッグを入^いれ
お茶^{ちゃ}を淹^いれます。

| a.やすい | b.軒^{げん} | c.様^{さま} | d.ながら | e.目^め |

① 八百屋^{やおや}から３（　　　　　　　）先^{さき}にコンビニがあります。

② 毎朝音楽^{まいあさおんがく}を聞^きき（　　　　　　　）、公園^{こうえん}でジョギングしていま
した。

③ この机^{つくえ}は広^{ひろ}くて、仕事^{しごと}がし（　　　　　　　）です。

④ 私^{わたし}は教室^{きょうしつ}の後^{うし}ろから３番^{ばん}（　　　　　　）の席^{せき}に座^{すわ}っています。

Ⅱ [a～e]の中^{なか}から適当^{てきとう}な言葉^{ことば}を選^{えら}んで、（　　　）に入^いれなさい。
（必要^{ひつよう}なら形^{かたち}を変^かえなさい）

| a.下^{くだ}さる | b.ございます | c.伺^{うかが}う | d.申^{もう}す | e.いらっしゃる |

① 明日先生^{あしたせんせい}のお宅^{たく}に（　　　　　　　）予定^{よてい}です。

② 先^{さき}ほど（　　　　　　　）ように、私^{わたし}はこの仕事^{しごと}が好^すきです。

③ お客様^{きゃくさま}が（　　　　　　　）。お茶^{ちゃ}をお出^だししましょう。

④ コーヒーと紅茶^{こうちゃ}が（　　　　　　　）が、どちらになさいますか。

たことがある

にほんごのたんご

うかがう

他五 拜訪；打聽
（謙讓語）

我拜訪過老師家。

先生（せんせい）のお宅（たく）にうかがっ**たことがあります**。

【動詞過去式】＋ことがある。表示過去經歷過的經驗。但這個經驗必須是，不是普通的事及離現在已有一段時間。所以不能用較近的時間詞，如「昨日（きのう）、先週（せんしゅう）」等，但可以用表示很久的過去，如「昔（むかし）、子（こ）どものとき」等。否定的說法是「ことがない」。「（曾經）…過」的意思。

 其它例句

うん
感 對，是

沒錯，我看過 UFO 喔！

うん、僕（ぼく）は UFO（ユーフォー）を見（み）**たことがある**よ。

踊（おど）り
名 舞蹈

你看過沖繩舞蹈嗎？

沖縄（おきなわ）の踊（おど）りを見（み）**たことがあります**か。

中学校（ちゅうがっこう）
名 中學

我在中學曾參加過網球比賽。

私（わたし）は、**中学校（ちゅうがっこう）**でテニスの試合（しあい）に出（で）**たことがあります**。

輸出（ゆしゅつ）・する
名・他サ 出口

曾經出口過汽車嗎？

自動車（じどうしゃ）の**輸出（ゆしゅつ）**をし**たことがあります**か。

參考形、音、義在底線處寫出正確單字。

合格記憶三步驟：
① 發音練習
② 圖像記憶
③ 最完整字義解說

①
_____

u n

對晚輩、屬下或同輩人招呼或詢問等，表示肯定、允諾意思的應答詞。

②
_____

u ka ga u

拜訪別人家「訪問する」（訪問）的謙語。

動手寫，成效加倍！

③
_____

chu u ga kko o

小學畢業後進入的，接受3年中等普通教育的義務制學校。

④
_____

yu shu tsu su ru

指把物產、商品或技術等出口到國外去。

⑤
_____

o do ri

指隨著節奏擺動身體，做出各種優美的動作。

正確解答　⑤踊り　④輸出・する　③中学校　②うかがう　①うん

173

文法 × 單字　　024

track 3- 24

つづける

にほんごのたんご

夢
ゆめ

名 夢；夢想

他還在做天真浪漫的美夢！

彼は、まだ甘い夢を見
かれ　　　　　あま　　ゆめ　　み
つづけている。

【動詞連用形】＋つづける。表示某動作或事情還沒有結束，還繼續、不斷地處於同樣狀態。表示現在的事情要用「つづけている」。「連續…」、「繼續…」的意思。

其它例句

日
ひ
名 天，日子

那一天，我從早上開始就跑個不停。

その日、私は朝から走りつづけていた。
ひ　　わたし　あさ　　　はし

止める
と
他下一 關掉，
使停止；釘住

請關掉那台不停轉動的機械。

その動きつづけている機械を止めて
うご　　　　　　きかい　　と
ください。

血
ち
名 血；血緣

血一直從傷口流出來。

傷から血が流れつづけている。
きず　　ち　　なが

そう
感·副 那樣；
是；是麼

他不斷地那樣說著。

彼は、そう言いつづけていた。
かれ　　　　　い

174

參考形、音、義在底線處寫出正確單字。

合格記憶三步驟：
① 發音練習
② 圖像記憶
③ 最完整字義解說

助詞、指示詞

① ＿＿＿＿＿＿
chi

在活著的動物體內的血管裡流動的紅色液體。血；又指血統、血緣。

② ＿＿＿＿＿＿
so o

當副詞時，表示那樣的意思。也用在回答表示是；又表示輕微的感動或驚訝。是麼。

詞類的活用

動手寫，成效加倍！

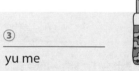

③ ＿＿＿＿＿＿
yu me

睡眠中感到自己如同實際看見，或經歷各種事情的現象。又指在未來對自己的期望。

Happy
day!!

④ ＿＿＿＿＿＿
hi

表示有日期的特定一天。日子。

⑤ ＿＿＿＿＿＿
to me ru

使活動的東西不動了。停止；又指使不往外出。也指使繼續的東西停止了。止住。

句型

やる

にほんごのたんご
応接間
おうせつま

图 會客室

澆一下會客室裡的花。

おうせつま　　　はな　　みず
応接間の花に水をやって
ください。

授受物品的表達方式。表示給予同輩以下的人，或小孩、動植物有利益的事物。句型是「給予人は（が）接受人に事物をやる」。這時候接受人大多為關係親密，且年齡、地位比給予人低。或接受人是動植物。「給予…」、「給…」的意思。

其它例句

か
勝つ
自五 贏，勝利；
克服

▶▶

如果比賽贏了，就給你 100 萬圓。

し あい　　か
試合に勝ったら、100 万円やろう。
まんえん

こうこうせい
高校生
图 高中生

▶▶

我送就讀高中的兒子英文辭典。

こうこうせい　　むすこ　　　えいご　　じしょ
高校生の息子に、英語の辞書をやった。

こ とり
小鳥
图 小鳥

▶▶

餵什麼給小鳥吃好呢？

こ とり　　　　なに
小鳥には、何をやったらいいですか。

どうぶつえん
動物園
图 動物園

▶▶

（遊客）不可以餵食動物園裡的動物。

どうぶつえん　どうぶつ　　た　もの
動物園の動物に食べ物をやってはいけ
ません。

☑ 形音義記憶練習

記住這些單字了嗎？

□ 応接間 □ 勝つ □ 高校生 □ 小鳥 □ 動物園
　おうせつま　　　か　　　こうこうせい　　こ　とり　　　どうぶつえん

參考形、音、義在<u>底線</u>處寫出正確單字。

合格記憶三步驟：
① 發音練習
② 圖像記憶
③ 最完整字義解說

① _____

ko o ko o se e

初中畢業後，繼續接受
3 年高等普通教育，或
專科教育的學生。

② _____

ko to ri

黃鶯、麻雀等小型鳥類。

動手寫，成效加倍！

③ _____

do o bu tsu e n

指飼養著各種動物，供
人們看的地方。

④ _____

o o se tsu ma

「応接」是指接見客人，與客
人應對進退。而「応接間」是
與客人應對進退的地方。

⑤ _____

ka tsu

打敗對方，明確地表現出比
對方出色。戰勝；又指與困
難鬥爭，並克服它。克服。

正確解答　⑤勝つ　④応接間　③動物園　②小鳥　①高校生
　　　　　　か　　　おうせつま　どうぶつえん　ことり　こうこうせい

助詞、指示詞

詞類的活用

句型

177

てやる

にほんごのたんご

直す
なお

他五 修理；改正

> 我幫你修理腳踏車，去把它騎過來。

自転車を直してやるから、持ってきなさい。
じ てんしゃ　　なお　　　　　　　　　　も

【動詞連用形】＋てやる。表示以施恩或給予利益的心情，為下級或晚輩（或動、植物）做有益的事。基本句型是「給予人は（が）接受人に（を／の～）事物を動詞てやる」。又表示因為憤怒或憎恨，而做讓對方不利的事「給…（做…）」的意思。

 其它例句

喜ぶ
よろこ

自五 高興，歡喜　▶▶

> 我陪弟弟玩，結果他非常高興。

弟と遊んでやったら、とても喜びました。
おとうと　あそ　　　　　　　　　　よろこ

数学
すうがく

名 數學　▶▶

> 我告訴朋友數學問題的答案了。

友だちに、数学の問題の答えを教えてやりました。
とも　　　すうがく　もんだい　こた　　おし

探す
さが

他五 尋找，找尋　▶▶

> 他的錢包不見了，所以一起幫忙尋找。

彼が財布をなくしたので、一緒に探してやりました。
かれ　さいふ　　　　　　　　いっしょ　さが

送る
おく

他五 寄送；送行　▶▶

> 寄錢給在東京的兒子了。

東京にいる息子に、お金を送ってやりました。
とうきょう　　むすこ　　　かね　おく

☑ 形音義記憶練習　　　記住這些單字了嗎？

□直す　□喜ぶ　□数学　□探す　□送る
　なお　　よろこ　　すうがく　　さが　　おく

參考形、音、義在底線處寫出正確單字。

合格記憶三步驟：
① 發音練習
② 圖像記憶
③ 最完整字義解說

① _____
sa ga su

想要找出需要的或丟失
的物或人。

② _____
yo ro ko bu

遇到好事、喜事，心情
愉快。

動手寫，成效加倍！

③ _____
su u ga ku

研究數量和圖形的學問。

④ _____
o ku ru

把東西從某處轉送到離開該
地的別處。送。寄；又指為
了送行或引路，陪同別人到
某處去。送行。

⑤ _____
na o su

把壞了的東西恢復原狀。修
理；又指改掉壞毛病或習慣。
改正。

助詞、指示詞

詞類的活用

句型

正確解答　⑤直す　④送る　③数学　②喜ぶ　①探す
　　　　　　なお　　おく　　すうがく　よろこ　さが

179

あげる

にほんごのたんご
運転手
(うんてんしゅ)
名 司機

> 給了計程車司機小費。

タクシーの運転手(うんてんしゅ)に、チップをあげた。

> 授受物品的表達方式。表示給予人（說話人或說話一方的親友等），給予接受人有利益的事物。句型是「給予人は（が）接受人に事物をあげます」。給予人是主語，這時候接受人跟給予人大多是地位、年齡同等的同輩。「給予…」、「給…」的意思。

 其它例句

絹(きぬ)
名 絲
▶▶
> 女朋友生日，我送了絲質的絲巾給她。

彼女(かのじょ)の誕生日(たんじょうび)に、絹(きぬ)のスカーフをあげました。

これから
連語 接下來，現在起
▶▶
> 現在要去買送母親的禮物。

これから、母(はは)にあげるものを買(か)いに行(い)きます。

住所(じゅうしょ)
名 地址
▶▶
> 給你我的地址，請寫信給我。

私(わたし)の住所(じゅうしょ)をあげますから、手紙(てがみ)をください。

ステレオ
（stereo）
名 音響
▶▶
> 送他音響，結果他很高興。

彼(かれ)にステレオをあげたら、とても喜(よろ)んだ。

180

☑ 形音義記憶練習

記住這些單字了嗎？

☐ 運転手（うんてんしゅ）　☐ 絹（きぬ）　☐ これから　☐ 住所（じゅうしょ）　☐ ステレオ

參考形、音、義在底線處寫出正確單字。

合格記憶三步驟：
① 發音練習
② 圖像記憶
③ 最完整字義解說

① _____

su te re o

使用兩個以上的擴音器，達到立體音響效果的裝置。也指這種立體聲廣播。

② _____

u n te n shu

指用動力操縱交通工具的人。

動手寫，成效加倍！

③ _____

ki nu

從蠶繭抽出的絲。也指其絲織品。

④ _____

ju u sho

指生活的據點，住的地方。具體地指出所在的地名、巷弄。

⑤ _____

ko re ka ra

指從現在起的意思。

右側欄：助詞、指示詞　詞類的活用　句型

正確解答　①ステレオ　②運転手（うんてんしゅ）　③絹（きぬ）　④住所（じゅうしょ）　⑤これから

181

てあげる

にほんごのたんご

今度
こん　ど

名 這次；下次；
以後

下次買漂亮的衣服給你！

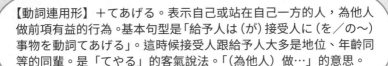

今度、すてきな服を買ってあげましょう。
こん　ど　　　　　　　　　ふく　か

【動詞連用形】＋てあげる。表示自己或站在自己一方的人，為他人做前項有益的行為。基本句型是「給予人は（が）接受人に（を／の～）事物を動詞てあげる」。這時候接受人跟給予人大多是地位、年齡同等的同輩。是「てやる」的客氣說法。「（為他人）做…」的意思。

　其它例句

ジャム（jam）
名 果醬

我做草莓果醬給你。

あなたに、いちごのジャムを作ってあげる。
つく

写す
うつ

他五 照相；摹寫

我幫你照相吧！

写真を写してあげましょうか。
しゃしん　うつ

点
てん

名 點；方面；
（得）分

關於那一點，我來為你說明吧！

その点について、説明してあげよう。
てん　　　　　　　せつめい

入院
にゅういん

名・自サ 住院

住院時我幫來你。

入院のとき、手伝ってあげます。
にゅういん　　　　　てつだ

☑ 形音義記憶練習

☐ 今度（こんど） ☐ ジャム ☐ 写す（うつす） ☐ 点（てん） ☐ 入院（にゅういん）

參考形、音、義在<u>底線處</u>寫出正確單字。

合格記憶三步驟：
① 發音練習
② 圖像記憶
③ 最完整字義解說

助詞、指示詞

① _____

u tsu su

指拍照；又指把文字、文章或繪畫等按原樣寫或畫在別處。摹寫。

② _____

te n

指物體表面上幾乎看不清那麼小的東西。點。又指特別成為問題的地方。方面；還指體育比賽等的得分。分。

詞類的活用

動手寫，成效加倍！

③ _____

ja mu

水果裡加入白糖煮成的食品。塗在麵包上食用。

next time

④ _____

nyu u i n

指為了治病住在醫院接受治療。

⑤ _____

ko n do

指剛結束的事情。這回；又指最近未來的機會。下次；還泛指今後的機會。以後。

句型

183

さしあげる

如果想要就送您。

もしほしければ、さしあげます。

にほんごのたんご

もし

国 如果，假如

授受物品的表達方式。表示下面的人給上面的人物品。句型是「給予人は（が）接受人に事物をさしあげる」。給予人是主語，這時候接受人的地位、年齡、身分比給予人高。是一種謙虛的說法。「給予…」、「給…」的意思。

 其它例句

どっち
代 哪一個 ▶▶

要送您哪一個呢？

どっちをさしあげましょうか。

なかなか
副（後接否定）
總是無法 ▶▶

始終沒有送他的機會。

なかなかさしあげる機会（きかい）がありません。

いくら～ても
国 無論…也不… ▶▶

無論你多想要，這個也不能給你。

あなたがいくらほしくても、これはさしあげられません。

植（う）える
他下一 種植；
培植 ▶▶

我送你花的種子，你試種看看。

花（はな）の種（たね）をさしあげますから、植（う）えてみてください。

☑ 形音義記憶練習

□ もし　□ どっち　□ なかなか　□ いくら～ても　□ 植える

參考形、音、義在<u>底線</u>處寫出正確單字。

合格記憶三步驟：
① 發音練習
② 圖像記憶
③ 最完整字義解說

①
_____

i ku ra ~ te mo

用在強調程度。表示「無論多少，多少次，多麼拼命，也…」的意思。

②
_____

u e ru

為了培育植物，把根埋在土裡；又指把病原體或機體組織從外面植入。

動手寫，成效加倍！

③
_____

do cchi

「どちら」的簡便說法。哪邊。哪兒。指示不定的場所、方向。

④
_____

mo shi

表示假定條件。述說假定某種事實時用的詞。是客觀的敘述。

⑤
_____

na ka na ka

要想解決問題，還需要一定的勞力、時間。後接否定，含急切希望解決的心情，又感嘆事情不容易實現。

正確解答 ①いくら～ても ②植える ③どっち ④もし ⑤なかなか

助詞、指示詞

詞類的活用

句型

185

てさしあげる

にほんごのたんご

案内・する

名・他サ 引導；帶路；指南

> 我陪同他遊覽了京都。

京都を案内して<u>さしあげました</u>。

【動詞連用形】＋てさしあげる。表為他人做前項有益的行為。基本句型「給予人は（が）接受人に（を／の～）事物を動詞てさしあげる」。給予人是主語，接受人的地位、年齡、身分比給予人高。是「てあげる」更謙虛的說法。由於有將善意行為強加於人的感覺，面對面說話時，最好改用「お～します」，但不是當面說就沒關係。「（為他人）做…」之意。

 其它例句

空港
名 機場

> 送他到機場。
>
> 空港まで、送っ<u>てさしあげた</u>。

サンドイッチ
（sandwich）
名 三明治

> 幫您做份三明治吧？
>
> サンドイッチを作っ<u>てさしあげま</u><u>しょう</u>か。

隅
名 角落

> 連房間的角落都幫你打掃好了。
>
> 部屋の隅まで掃除し<u>てさしあげた</u>。

そんなに
副 那麼

> 那麼想看的話，就給你看吧！
>
> そんなに見たいなら、見せ<u>てさしあ</u><u>げます</u>よ。

□ 案内_{あんない}・する　□ 空港_{くうこう}　□ サンドイッチ　□ 隅_{すみ}　□ そんなに

參考形、音、義在<u>底線</u>處寫出正確單字。

合格記憶三步驟：
① 發音練習
② 圖像記憶
③ 最完整字義解說

① _____
sa n do i cchi

在麵包中夾入蔬菜和肉等
的食品。

② _____
su mi

房間或走廊，箱子或庭院
等，四周被圍起來的範圍
的角落。不顯眼的地方。

動手寫，成效加倍！

③ _____
ku u ko o

飛機起飛或降落的場地。

④ _____
a n na i su ru

指陪同別人邊走邊看或介紹某
處；又指把路或地點告訴給不
知道的人，或帶路；還指介紹
內容或情況等。

⑤ _____
so n na ni

用在肯定句中，表示程度之
甚，感情色彩濃，有時帶有
驚訝的語氣。

助詞、指示詞

詞類的活用

句型

正確解答　①サンドイッチ　②隅_{すみ}　③空港_{くうこう}　④案内_{あんない}・する　⑤そんなに

187

I [a,b] の中から正しいものを選んで、○をつけなさい。

① 言ってくれたら、いつでも手伝って　(a. あげます

b. もらいます)。

② サルにお菓子を　(a. やって　　b. くれて)　もいいです

か。

③ 部長、手伝って　(a. やり　　b. さしあげ)　ましょうか。

④ 今晩中にレポートを全部書いて　(a. 終わる　　b. やる)。

⑤ 友達に国の料理を　(a. 作る　　b. 作って)　あげた。

⑥ 犬に餌を　(a. あげました　　b. やりました)。

⑦ 僕は弟たちを動物園へ連れて行って　(a. やりました

b. もらいました)。

II 下の文を正しい文に並べ替えなさい。_____ に数字を書きなさい。

① 庭の花　_____ _____ _____ _____　ください。

1. 水を　　2. 木に　　3. や　　4. やって

② 彼　_____ _____ _____ _____　ら、とても喜んだ。

1. ステレオ　　2. あげた　　3. に　　4. を

③ 友達に、数学の問題の　_____ _____ _____ _____

ました。

1. 答え　　2. やり　　3. 教えて　　4. を

練習を
しましょう 複習⑥ **單字題 I**

I [a～e]の中から適当な言葉を選んで、（　）に入れなさい。

| a. 先輩　　b. お子さん　　c. 店員　　d. 高校生　　e. 社長 |

① 明るいカフェで女子（　　　　　　　）が楽しそうに勉強しています。

② （　　　　　　　　）への薬の飲ませ方はここでご紹介します。

③ 中山さんは大学の（　　　　　　　）で、サークルで出会いました。

④ 高橋さんはコンビニで（　　　　　　）のバイトをしています。

| a. ヘルパー　　b. 入院　　c. インフルエンザ　　d. お医者さん　　e. 花粉症 |

① お腹が痛くて、（　　　　　　　）に診てもらいました。

② 今年も（　　　　　　　）の注射が始まりました。

③ （　　　　　　　）の季節になると、目がいつも痒くてたまりません。

④ 彼はホーム（　　　　　　　）の仕事に向いていると思います。

II [a～e]の中から適当な言葉を選んで、（　）に入れなさい。
（必要なら形を変えなさい）

| a. 冷える　　b. 止める　　c. 映る　　d. 止む　　e. 植える |

① （　　　　　　　）体を、ストーブで暖めました。

② 庭にいろんな花を（　　　　　　）ましょう。

③ 西の空はすでに明るくなっているから、この雨はもうすぐ
（　　　　　　　）でしょう。

④ 月が田んぼに（　　　　　　　）、二つになりました。

Ⅰ [a,b] の中から正しいものを選んで、○をつけなさい。

① お祖母ちゃんに手紙を　(a. 読み　b. 読んで)　さしあげます。

② 私はおじいさんに道を教えて　(a. やりました　b. あげ
ました)。

③ 高橋さん、先生のお誕生日、何を　(a. いただき　b. さし
あげ)　ましょう？

④ 伯父さんに靴を買って　(a. さしあげた　b. あげた)。

⑤ 娘に英語を教えて　(a. さしあげました　b. やりました)。

⑥ 私は母にお花を　(a. さしあげ　b. ください)　ました。

⑦ 旅行に行ったので、みんなにお土産を　(a. くれました
b. あげました)。

⑧ 私は弟にお金を　(a. あげました　b. さしあげました)。

Ⅱ 下の文を正しい文に並べ替えなさい。＿＿＿に数字を書きなさい。

① 先生に海外 ＿＿＿ ＿＿＿ ＿＿＿ ＿＿＿ さしあげま
した。
　　1. 旅行　　2. を　　3. お土産　　4. の

② 父の日に ＿＿＿ ＿＿＿ ＿＿＿ ＿＿＿ です。
　　1. つもり　　2. を　　3. 時計　　4. さしあげる

③ 電車の中で、＿＿＿ ＿＿＿ ＿＿＿ ＿＿＿ あげました。
　　1. に　　2. お年寄り　　3. 代わって　　4. 席を

練習を しましょう 複習⑥ 單字題Ⅱ

I [a～e]の中から適当な言葉を選んで、（　　）に入れなさい。

a. 飲み放題　b. おつまみ　c. 喫煙席　d. 食べ放題　e. サンドイッチ

① このパン屋さんの（　　　　　　）はおいしいから、いつも混んでいます。

② これはワインやビールなどのお酒によく合う（　　　　　　）ですよ。

③ タバコを吸いたいから（　　　　　　）でお願いします。

④ 札幌で、カニ（　　　　　　）に行きたいと思っています。

a. 携帯電話　b. 冷房　c. 棚　d. 乾燥機　e. 電灯

① 乾きが悪い物は、（　　　　　　）で乾かしています。

② （　　　　　　）が消えて、部屋は真っ暗になりました。

③ 電車の中の（　　　　　　）が、効きすぎて寒いです。

④ （　　　　　　）で川の様子を写真に撮りました。

a. 課長　b. パート　c. 機会　d. お手伝い　e. 夢

① 引っ越しの（　　　　　　）ができなくて、ごめんなさい。

② 子どもも手がかからなくなるから、妻は（　　　　　　）に出ました。

③ （　　　　　　）があったらもう一度、日本へ行きたいと思います。

④ （　　　　　　）からのいじめで会社を辞めようと決めました。

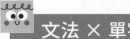

くれる

奶奶常給我糖果。

にほんごのたんご
祖母
そ　ぼ

▶ 祖母は、いつもお菓子をくれる。
そ ぼ　　　　　　　　　か し

名 奶奶，外婆

表示他人給說話人（或說話一方）物品。這時候接受人跟給予人大多是地位、年齡相當的同輩。句型是「給予人は（が）接受人に事物をくれる」。給予人是主語，而接受人是說話人，或說話人一方的人（家人或親友）。中文是：「給…」。

 其它例句

可以給我筆或鉛筆嗎？

又は
また
接續 或者

▶▶ ペンか、または鉛筆をくれませんか。
えんぴつ

我結婚的時候，他打了電報祝福我。

電報
でん ぼう
名 電報

▶▶ 私が結婚したとき、彼はお祝いの電報をくれた。
わたし　けっこん　　　　かれ　　いわ　　　でんぽう

入學的時候，你要送我什麼？

入学
にゅう がく
名・自サ 入學，上學

▶▶ 入学のとき、なにをくれますか。
にゅうがく

鄰居送了我蘋果。

近所
きん じょ
名 附近，近處，近鄰

▶▶ 近所の人が、りんごをくれました。
きんじょ　ひと

□ 祖母（そぼ）　□ 又は（また）　□ 電報（でんぽう）　□ 入学（にゅうがく）　□ 近所（きんじょ）

參考形、音、義在底線處寫出正確單字。

合格記憶三步驟：
① 發音練習
② 圖像記憶
③ 最完整字義解說

助詞、指示詞

① ＿＿＿＿＿＿＿＿

nyu u ga ku

指小學生、中學生、大學生為了接受教育而進入學校。

② ＿＿＿＿＿＿＿＿

ma ta wa

連接名詞，表示兩者之中哪個都行。或者。

動手寫，成效加倍！

詞類的活用

③ ＿＿＿＿＿＿＿＿

de n po o

用電信號傳遞的通信方式。也指這種文書。

④ ＿＿＿＿＿＿＿＿

so bo

父親的母親，或者是母親的母親。

⑤ ＿＿＿＿＿＿＿＿

ki n jo

離家裡、住的地方或工作地點，距離不遠的地方。

句型

てくれる

にほんごのたんご

内
うち

年內可以還我錢嗎？

今年のうちに、お金を
こ と し　　　　　　　　　　　　　か ね
返してくれますか。
かえ

名 內部；…之中

【動詞連用形】＋てくれる。表示他人為我，或為我方的人做前項有益的事。用在帶著感謝的心情，接受別人的行為時。接受人跟給予人大多是地位、年齡同等的同輩。句型是「給予人は（が）接受人に（を／の～）事物を動詞てくれる」。給予人是主語，而接受人是說話人，或說話人一方的人。「（為我）做…」的意思。

 其它例句

高校・
こうこう
高等学校
こうとうがっこう

名 高中

高中時代的老師給了我建議。

高校の時の先生が、アドバイスをして
こうこう　とき　せんせい
くれた。

夕飯
ゆうはん

名 晚飯

叔母總是做晚飯給我吃。

叔母は、いつも夕飯を食べさせてくれる。
お ば　　　　　　ゆうはん　た

ほめる

他下一 誇獎，
稱讚，表揚

父母誇獎了我。

両親がほめてくれた。
りょうしん

お陰
かげ

寒暄 托福，
承蒙關照

多虧你的幫忙，工作才得以結束。

あなたが手伝ってくれたおかげで、仕
て つだ
事が終わりました。
ごと　お

194

☑ 形音義記憶練習

記住這些單字了嗎？

□ 內(うち)　□ 高校・高等学校(こうこう・こうとうがっこう)　□ 夕飯(ゆうはん)　□ ほめる　□ お陰(かげ)

參考形、音、義在<u>底線</u>處寫出正確單字。

合格記憶三步驟：
① 發音練習
② 圖像記憶
③ 最完整字義解說

①
_____

u chi

指空間或物體的內部；又指時間或數量在一定的範圍以內。

②
_____

ko o ko o・ko o to o ga kko o

為使初中畢業生，繼續接受高等普通教育，或專科教育而設立的 3 年制學校。

動手寫，成效加倍！

③
_____

ho me ru

讚揚別人做的事或行為等。

④
_____

o ka ge

得到別人的幫助，獲得好的結果時表示感謝的詞。托福。承蒙關照。

⑤
_____

yu u ha n

晚飯。相同於「夕食(ゆうしょく)」、「晩飯(ばんめし)」的意思。

 正確解答　⑤ゆうはん　④おかげ　③ほめる　②こうこう・こうとうがっこう　①うち

助詞、指示詞

詞類的活用

句型

195

くださる

にほんごのたんご
お見舞い
名 探望

田中小姐帶花來探望我。

田中さんが、お見舞いに花をくださった。

「くださる」是對上級或長輩給自己（或自己一方）東西的恭敬説法。這時候給予人的身分、地位、年齡要比接受人高。句型是「給予人は（が）接受人に事物をくださる」。給予人是主語，而接受人是説話人，或説話人一方的人（家人或親友）。中文是：「給…」、「贈…」。

 其它例句

製
接尾 …製 ▶▶

老師送我的手錶，是瑞士製的。

先生がくださった時計は、スイス製だった。

小さな
連體 小的；年齡幼小 ▶▶

那個人常送我小禮物。

あの人は、いつも小さなプレゼントをくださる。

いっぱい
副 滿滿地；很多 ▶▶

您給我那麼多，太多了。

そんなにいっぱいくださったら、多すぎます。

最後
名 最後，最末 ▶▶

派對的最後，送了糕點。

パーティーの最後に、お菓子をくださった。

☑ 形音義記憶練習

☐ お見舞い　☐ 製　☐ 小さな　☐ いっぱい　☐ 最後

參考形、音、義在底線處寫出正確單字。

合格記憶三步驟：
① 發音練習
② 圖像記憶
③ 最完整字義解說

① _____

sa i go

持續的事物，到了那裡
之後就沒有了。也指那
一部分。

② _____

chi i sa na

指數量或程度比別的輕微。
小；又指年齡幼小。

動手寫，成效加倍！

③ _____

i ppa i

用於描述物品充滿了物體中，
似乎要溢出的樣子；又表示
數量之多。

④ _____

o mi ma i

指到醫院探望因生病、受傷等
住院的人，並給予安慰和鼓
勵。又指為了慰問而寄的信和
物品。

⑤ _____

se e

接在國家名後面，表示某一
個國家製造的產品。

正確解答　⑤製　④お見舞い　③いっぱい　②小さな　①最後

てくださる

老師幫我訂正了錯誤的地方。

先生は、間違えたところを直してくださいました。

他下一 錯；弄錯

【動詞連用形】＋てくださる。表示他人為我方的人做前項有益的事。用在帶著感謝的心情，接受別人的行為時。給予人的身分、地位、年齡要比接受人高。句型是「給予人は（が）接受人に（を／の～）事物を動詞てくださる」。給予人是主語，而接受人是說話人，或說話人一方的人。是「てくれる」的尊敬說法。「（為我）做…」的意思。

 其它例句

迎える
他下一 迎接；迎接；接請

▶▶ 全村的人都來迎接我。

村の人がみんなで迎えてくださった。

届ける
他下一 送達；送交；報告

▶▶ 謝謝您幫我把遺失物送回來。

忘れ物を届けてくださって、ありがとう。

運ぶ
自・他五 運送，搬運；進行

▶▶ 那個商品店裡的人會幫我送過來。

その商品は、店の人が運んでくださる予定です。

やっと
副 終於，好不容易

▶▶ 您終於來了。

やっと来てくださいましたね。

198

☑ 形音義記憶練習

□ 間違える　□ 迎える　□ 届ける　□ 運ぶ　□ やっと

參考形、音、義在底線處寫出正確單字。

合格記憶三步驟：
① 發音練習
② 圖像記憶
③ 最完整字義解說

① _____

to do ke ru

把東西拿到對方那裡。送
到；向機關、公司或學校
申報。報告。送交。

② _____

ha ko bu

把物品用手拿或車載等方式
移到別的地方。搬；又指按
計畫把事物推進到下一個階
段。進行。

動手寫，成效加倍！

③ _____

ma chi ga e ru

表示下錯判斷。錯；又指把
事情弄錯了。搞錯。

④ _____

mu ka e ru

等候來者。把來者引領到裡面。
迎接。又指迎接特定的事情或
時節等。

⑤ _____

ya tto

克服了巨大困難或付出許多
辛勞，才得以維持最低的狀
態；對付出辛勞才達到目的
的感慨。

正確解答　⑤ やっと　④ 迎える　③ 間違える　② 運ぶ　① 届ける

もらう

朋友送我棉質襪。

友だちに、木綿の靴下をもらいました。

にほんごのたんご
木綿
名 棉

表示接受別人給的東西。這是以說話人是接受人，且接受人是主語的形式，或說話人站是在接受人的角度來表現。句型是「接受人は（が）給予人に事物をもらう」。這時候接受人跟給予人大多是地位、年齡相當的同輩。中文是：「接受…」、「取得…」、「從…那兒得到…」。

其它例句

昨天拿到的書不見了。

無くなる
自五 不見，遺失；用光了
▶▶ きのうもらった本が、なくなってしまった。

別人送我辭典，所以我想認真學英文。

辞典
名 字典
▶▶ 辞典をもらったので、英語を勉強しようと思う。

收到夢寐以求的吉他。

ずっと
副 更；一直
▶▶ ずっとほしかったギターをもらった。

在美術館拿了明信片。

美術館
名 美術館
▶▶ 美術館で絵葉書をもらいました。

☑ 形音義記憶練習

☐ 木綿 ☐ 無くなる ☐ 辞典 ☐ ずっと ☐ 美術館
　もめん　　　な　　　　　じてん　　　　　　　　　びじゅつかん

參考形、音、義在底線處寫出正確單字。

合格記憶三步驟:
① 發音練習
② 圖像記憶
③ 最完整字義解說

① _____
mo me n

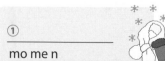

用棉桃的纖維紡成的紗。
也指用這種紗織成的布。

② _____
bi ju tsu ka n

陳列繪畫和雕刻等,用色彩
和形體等表現美的藝術品,
供民眾觀賞的地方。

動手寫,成效加倍!

③ _____
zu tto

表示某狀態的程度呈上升趨
勢;又表示在時間或空間上
的持續狀態。

④ _____
na ku na ru

原有的東西不見了。遺失;又
指用光了,沒有了。沒。

⑤ _____
ji te n

把很多詞按一定順序排列起
來,說明每個詞的寫法、意
義和用法等的工具書。

正確解答　⑤辞典　④無くなる　③ずっと　②美術館　①木綿
　　　　　 じてん　　な　　　　　　　　　 びじゅつかん　もめん

てもらう

我請他幫我把髒的襯衫拿去送洗了。

にほんごのたんご

よ　ご
汚れる

自下一 髒污；齷齪

汚れたシャツを洗って
もらいました。

【動詞連用形】＋てもらう。表示請求別人做某行為，且帶著感謝的心情。也就是接受人由於給予人的行為，而得到恩惠、利益。一般是接受人請求給予人採取某種行為的。這時候接受人跟給予人大多是地位、年齡同等的同輩。句型是「接受人は (が) 給予人に (から) ～動詞てもらう」。「(我) 請 (某人為我做)…」、「讓…」的意思。

 其它例句

な
投げる
自下一 丟，拋；
放棄

▶▶

可以請你把那個球丟過來嗎？

な
そのボールを投げてもらえますか。

ぶん ぽう
文法
名 文法

▶▶

想請你說明一下文法。

ぶんぽう　　 せつめい
文法を説明してもらいたいです。

とこ や
床屋
名 理髮店；理
髮師

▶▶

在理髮店剪了頭髮。

とこ や　 かみ　 き
床屋で髪を切ってもらいました。

つ
連れる
他下一 帶領，
帶著

▶▶

請他幫我帶小孩去幼稚園了。

こ　　　　 よう ち えん　　 つ　　 い
子どもを幼稚園に連れて行ってもら
いました。

☑ 形音義記憶練習

☐ 汚れる ☐ 投げる ☐ 文法 ☐ 床屋 ☐ 連れる

參考形、音、義在底線處寫出正確單字。

合格記憶三步驟：
① 發音練習
② 圖像記憶
③ 最完整字義解說

① _____
to ko ya

主要給男人剪頭髮、理髮的店舖。也指以此為職業的人。

② _____
tsu re ru

外出或旅行時，帶著人一起去。

動手寫，成效加倍！

③ _____
na ge ru

揮動手臂，把拿著的東西扔出去。拋。投；認為已經沒有指望而放棄或不再用力。放棄。

④ _____
bu n po o

關於語言結構和運用方式等的法則。也指研究它的學問。

⑤ _____
yo go re ru

眼睛看得到的乾淨的東西變髒，被污染了。弄髒；又指心地不純。齷齪。

いただく

にほんごのたんご

ぶどう ▶

名 葡萄

> 隔壁的鄰居送我葡萄。

隣のうちから、ぶどうをいただきました。

> 表示從地位、年齡高的人那裡得到東西。這是以說話人是接受人，且接受人是主語的形式，或說話人站是在接受人的角度來表現。句型是「接受人は（が）給予人に事物をいただく」。用在給予人身分、地位、年齡都比接受人高的時候。比「もらう」說法更謙虛，是「もらう」的謙讓語。中文是：「承蒙…」、「拜領…」。

 其它例句

割れる
自下一 碎，裂；
破裂　▶▶

> 鈴木先生送的杯子破掉了。

鈴木さんにいただいたカップが、割れてしまいました。

真ん中
名 正中間　▶▶

> 我想要中間的那個蛋糕。

真ん中にあるケーキをいただきたいです。

よろしい
形 好，可以　▶▶

> 如果可以的話，我想喝杯茶。

よろしければ、お茶をいただきたいのですが。

予定
名・他サ 預定　▶▶

> 我準備接收木村的腳踏車。

木村さんから自転車をいただく予定です。

□ ぶどう　□ 割れる　□ 真ん中　□ よろしい　□ 予定

參考形、音、義在底線處寫出正確單字。

合格記憶三步驟：
① 發音練習
② 圖像記憶
③ 最完整字義解說

① _____
wa re ru

東西碎成幾部分，或在東西上出現了裂痕。

② _____
bu do o

果樹的一種。爬藤的落葉樹。果實成串，可以直接食用或釀酒。

動手寫，成效加倍！

③ _____
yo ro shi i

表示可喜的、好的樣子。暗示出於理性的判斷；又表示同意周圍情況和對方的話的詞。

④ _____
ma n na ka

在某一被限定的範圍裡，跟周圍的距離都一樣。也就是物體的中央部分。

⑤ _____
yo te e

對今後的事情，預先做出決定。對將來的事情臨時做出估計。

正確解答　① 割れる　② ぶどう　③ よろしい　④ 真ん中　⑤ 予定

助詞、指示詞

詞類的活用

句型

205

ていただく

醫生幫我打了針。

注射_{（ちゅうしゃ）}・する

名・他サ 打針

お医者_{（いしゃ）}さんに、注射_{（ちゅうしゃ）}していただきました。

【動詞連用形】＋ていただく。表示接受人請求給予人做某行為，且對那一行為帶著感謝的心情。用在給予人身分、地位、年齡都比接受人高的時候。句型是「接受人は（が）給予人に（から）～動詞ていただく」。這是「てもらう」的自謙形式。中文是：「承蒙…」。

　其它例句

スーツケース
名 手提旅行箱

有位親切的男士，幫我拿了旅行箱。

親切_{（しんせつ）}な男性_{（だんせい）}に、スーツケースを持_{（も）}っていただきました。

講義_{（こうぎ）}
名・他サ 上課

請大學老師幫我上法律。

大学_{（だいがく）}の先生_{（せんせい）}に、法律_{（ほうりつ）}について講義_{（こうぎ）}をしていただきました。

下_{（さ）}がる
自五 後退；下降

很危險，可以請您往後退嗎？

危_{（あぶ）}ないから、後_{（うし）}ろに下_{（さ）}がっていただけますか。

都合_{（つごう）}
名 情況，方便度

時間方便的時候，希望能來一下。

都合_{（つごう）}がいいときに、来_{（き）}ていただきたいです。

形音義記憶練習

記住這些單字了嗎？

□ 注射_{ちゅうしゃ}・する　□ スーツケース　□ 講義_{こうぎ}　□ 下_さがる　□ 都合_{つごう}

參考形、音、義在<u>底線</u>處寫出正確單字。

合格記憶三步驟：
① 發音練習
② 圖像記憶
③ 最完整字義解說

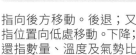

① _____
sa ga ru

指向後方移動。後退；又
指位置向低處移動。下降；
還指數量、溫度及氣勢比
之前還要低。下降。

② _____
tsu go o

做某事的時候，各方面的綜
合情況。

動手寫，成效加倍！

③ _____
su u tsu ke e su

指旅行用的手提式衣箱。一般
外殼是硬的，直方形的箱子。

④ _____
chu u sha su ru

指用注射器把液體藥劑注入
體內。

⑤ _____
ko o gi

指把系統的知識和學問，講
解得使對方能夠聽懂理解。

 正確解答　⑤講義_{こうぎ}　④注射_{ちゅうしゃ}・する　③スーツケース　②都合_{つごう}　①下_さがる

207

Ⅰ [a,b] の中から正しいものを選んで、○をつけなさい。

① 子どもたちも、私の作った料理は「おいしい」と　(a. 言って
b. 言った)　くれました。

② 先生に校舎のご案内をして　(a. ください　b. いただき)　ました。

③ 妹は友達にお菓子を　(a. くれた　　b. もらった)。

④ 林さんは私に自転車を貸して　(a. くれました　　b. さし
あげました)。

⑤ マリーさんが私に　(a. あげた　　b. くれた)　国のお土産
は、コーヒーでした。

⑥ 先生の奥様からすてきなセーターを　(a. さしあげ
b. いただき)　ました。

⑦ 退院の時、隣のベッドの方がプレゼントを　(a. さしあげた
b. くださった)。

Ⅱ 下の文を正しい文に並べ替えなさい。_____ に数字を書きなさい。

① 祖母は、_____　_____　_____　_____。

　　1. を　　2. いつも　　3. くれる　　4. お菓子

② 私は先生 _____　_____　_____　_____ ました。

　　1. いただき　　2. レポートを　　3. 直して　　4. に

③ _____　_____　_____　_____、ありがとうございます。

　　1. 贈り物　　2. を　　3. 素敵な　　4. くださって

練習を
しましょう 複習⑦ **單字題 I**

I [a～e]の中から適当な言葉を選んで、（　　）に入れなさい。

a. 夕べ	b. ただいま	c. 昔	d. 今夜	e. 最後

① （　　　　　　　）怖い夢を見ました。怖かったので目が覚めま

した。

② 人生を賭けて、川や海や池を（　　　　　　）のようなきれい

な状態にしたいです。

③ 会席料理の（　　　　　　）には、和菓子とお茶が出されます。

④ （　　　　　　） 6時でございます。

II [a～e]の中から適当な言葉を選んで、（　　）に入れなさい。
（必要なら形を変えなさい）

a. 点ける	b. 割れる	c. 運ぶ	d. 付ける	e. 壊れる

① ガスコンロに火を（　　　　　　）、水を沸かします。

② 彼に荷物を（　　　　　　）のを手伝ってもらいました。

③ 急に画面が真っ暗になって、このスマホ、（　　　　　　）し

まったようですね。

④ お茶碗が（　　　　　　）ので、新しいのに換えました。

a. 直す	b. 無くなる	c. 亡くなる	d. 取り換える	e. 直る

① 故障は電球を換えたら、（　　　　　　）かもしれないです。

② みんなで食べたので、ピザはすぐに（　　　　　　）。

③ 先生に漢字の間違いを（　　　　　　）いただきました。

④ 友達とケーキを（　　　　　　）食べました。

Ⅰ [a,b] の中から正しいものを選んで、○をつけなさい。

① 太田さんに仕事を紹介 （a. して　　b. し）　もらいました。

② 店長が卒業祝いに本を　（a. あげた　　b. くださった）。

③ となりの酒井さんはいつも娘にお菓子を　（a. いただきます
b. くださいます）。

④ 妻に汚れたシャツを洗って　（a. もらった　　b. いただい
た）。

⑤ 田中さんは私に本を　（a. やりました　　b. くれました）。

⑥ 誕生日に何を　（a. くれ　　b. もらい）　たいですか。

⑦ 私は先生にきれいな絵葉書を　（a. いただきました
b. もらいました）。

⑧ 私は友達に葉書を　（a. もらい　　b. しまい）　ました。

Ⅱ 下の文を正しい文に並べ替えなさい。_____ に数字を書きなさい。

① 中田さんは _____ _____ _____ _____ もらった。
1. に　　2. 村山さん　　3. 服　　4. を

② 父は、私の _____ _____ _____ _____ くれました。
1. 願い　　2. して　　3. を　　4. 承知

③ _____ _____ _____ _____ もらいました。
1. 汚れた　　2. を　　3. シャツ　　4. 洗って

210

練習を しましょう 複習⑦ 單字題II

Ⅰ [a ～ e]の中から適当な言葉を選んで、（　　）に入れなさい。

> **a.** 注射　　**b.** 熱　　**c.** 退院　　**d.** お見舞い　　**e.** 具合

① 友人が病院に入院したので、（　　　　　　　　）に行きました。

② （　　　　　　　）が悪いなら、病院で見てもらったほうがいいですよ。

③ 頭と喉が痛いが、（　　　　　　　）はありません。

④ 今日の痛み止めの（　　　　　　　）は痛かったです。

> **a.** 辞典　　**b.** 復習　　**c.** 入学　　**d.** 前期　　**e.** 消しゴム

① スマホがあれば、発音も聞けて、（　　　　　　　）も引けます。

② （　　　　　　　）のオンライン授業が終わり、今は夏休みです。

③ 私は1点だけ足りなくて、（　　　　　　）試験に落ちました。

④ たくさん練習と（　　　　　）をした人が試験に合格します。

> **a.** 講義　　**b.** レポート　　**c.** 昼休み　　**d.** 後期　　**e.** 卒業式

① 小学校の（　　　　　　　）には、夫婦で参加しました。

② パソコンが壊れたので、（　　　　　　　）が書けなくなりました。

③ 今日から大学の（　　　　　　）の授業が始まります。めっちゃ楽しみです。

④ 今日13回にわたる大学の（　　　　　　）が終わりました。

ば

にほんごのたんご

合う

あ

自五 適合；一致；
正確

如果時間允許，希望能見一面。

時間が合えば、会いたいです。
じ かん　　 あ　　　　　　あ

【活用形假定型】＋ば。表條件。(1) 前項受到某種條件的限制，後接意志或期望。「假如…」的意思；(2) 敘述客觀條件。如果前項成立，後項就一定會成立。「如果…就」之意；(3) 對特定的人或物表示未實現的事物，只要前項成立，後項也當然會成立吧！前項是焦點，敘述需要的事物。後項大多是被期待的事。「如果…的話」之意。這裡是用法 (1)。

其它例句

捕まえる
つか

他下一 逮捕，
抓；握住

▶▶

如果他是小偷，就非逮捕不可。

彼が泥棒ならば、捕まえなければならない。
かれ　 どろぼう　　　　　 つか

可笑しい
お か

形 奇怪，可
笑；不正常

▶▶

如果覺得可笑，就笑呀！

おかしければ、笑いなさい。
わら

落とす
お

他五 使掉下；
丟失，弄掉

▶▶

掉下就破了，小心點！

落とせば割れますから、気をつけて。
お　　　　 わ　　　　　　　　　 き

にくい

接尾 難以，
不容易

▶▶

如果不方便吃，請用湯匙。

食べにくければ、スプーンを使ってください。
た　　　　　　　　　　　　　　 つか

形音義記憶練習

記住這些單字了嗎？

- □ 合う
- □ 捕まえる
- □ 可笑しい
- □ 落とす
- □ にくい

參考形、音、義在底線處寫出正確單字。

合格記憶三步驟：
① 發音練習
② 圖像記憶
③ 最完整字義解說

① _____

tsu ka ma e ru

指捉住逃走的或要逃走的人或動物。抓；又指用手牢牢拿住不放。握住。

② _____

ni ku i

上接動詞連用形構成形容詞。表示「做…很不順利」的意思。

動手寫，成效加倍！

③ _____

o ka shi i

滑稽得忍不住想笑的樣子。多半不含有濃厚興趣的語感；又表示人或事物不正常的狀態。

④ _____

o to su

表示使落下。掉下；又表示自己原本持有的東西，不知道什麼時候丟了。弄掉。

⑤ _____

a u

指符合實際的情況或客觀的要求。適合；又指完全一致；還指與正確的相一致。

正確解答 ①捕まえる ②にくい ③可笑しい ④落とす ⑤合う

文法 × 單字　040　　　　　　　　　　track 3-40

たら

にほんごのたんご

空（あ）く

自五 空隙；閒著；有空

如空出座位來，請坐下。

席（せき）が空（あ）いたら、坐（すわ）ってください。

【用言連用形】＋たら。表條件或契機。（1）表示假定條件。當實現前面的情況時，後面的情況就會實現。但前項會不會成立實際上還不知道。「要是…」的意思；（2）表示確定條件。也就是知道前項一定會成立，以其為契機，做後項。相當於「當作了某個動作時，那之後…」。「如果要是…了」、「…了的話」的意思。這裡是用法（2）。

 其它例句

止（や）む
自五 停止，中止，罷休

如果雨停了，就出門吧！

▶▶ **雨（あめ）が止（や）んだら、でかけましょう。**

参（まい）る
自五 來，去

如果您時間方便，我兩點過去。

▶▶ **ご都合（つごう）がよろしかったら、2時（じ）にまいります。**

必要（ひつよう）
名・形動 需要，必要

如果需要就送您。

▶▶ **必要（ひつよう）だったら、さしあげますよ。**

あんな
連體 那樣的；那樣地

如果是我的話，才不會做那種事。

▶▶ **私（わたし）だったら、あんなことはしません。**

214

☑ 形音義記憶練習

記住這些單字了嗎？

□空く（あ） □止む（や） □参る（まい） □必要（ひつよう） □あんな

參考形、音、義在底線處寫出正確單字。

合格記憶三步驟：
① 發音練習
② 圖像記憶
③ 最完整字義解說

① ________
ya mu

繼續至今的事物結束了。

② ________
a n na

指離說話者或聽話者都遠的事物。又指雙方都知道的事物。還指間接地述說人或事物的狀態跟程度。

動手寫，成效加倍！

③ ________
ma i ru

「行く（い）」、「来る（く）」的自謙詞。就自己或自己一方的人的動作表示謙卑時使用。有鄭重的感覺。

④ ________
a ku

表示占著地方的東西沒了，出現空隙。又指東西不用了，閒著。還指不忙有空閒。

⑤ ________
hi tsu yo o

為做某事絕不可少的。

正確解答 ①止む（や） ②あんな ③参る（まい） ④空く（あ） ⑤必要（ひつよう）

なら

如果想要，就送你。

にほんごのたんご

あげる

ほしいなら、あげますよ。

他下一 給；送

【動詞、形容詞終止形 ・ 形容動詞詞幹 ・ 體言】＋なら。表假定條件。(1) 表示接受了對方所說的事情、狀態、情況後，說話人提出了意見、勸告、意志、請求等（在後項）。(2) 舉出一個事物為前提，然後進行說明，多接體言。為了要強調「なら」的意思，也可以在前面加入「の」。「なら」不用在過去。「要是…的話」的意思。這裡是用法（1）。

 其它例句

医学
名 醫學

如果要學醫，我想讀東京大學。

▶▶ **医学を勉強するなら、東京大学がいいです。**

以内
名 不超過…；以內

如果不超過一萬圓，就可以買。

▶▶ **一万円以内なら、買うことができます。**

思う
他五 覺得，感覺

如果覺得自己不對，就去賠不是。

▶▶ **悪かったと思うなら、謝りなさい。**

鏡
名 鏡子

如果要鏡子，就在那裡。

▶▶ **鏡なら、そこにあります。**

□ あげる　□ 医_い学_{がく}　□ 以_い内_{ない}　□ 思_{おも}う　□ 鏡_{かがみ}

參考形、音、義在底線處寫出正確單字。

合格記憶三步驟：
① 發音練習
② 圖像記憶
③ 最完整字義解說

①
_____
i na i

包括那部分在內的範圍；時間和數量等，包括那部分在內。

②
_____
o mo u

以主觀的感情開動腦筋，去想像、決定、擔心、期望。

動手寫，成效加倍！

③
_____
ka ga mi

照見面部或姿態的用具。

④
_____
a ge ru

「あたえる」（給予）、「やる」（給）等的敬語。給同輩或晚輩東西。

⑤
_____
i ga ku

研究疾病的治療和預防方法的學問。

正確解答 ⑤医学 ④あげる ③鏡 ②思う ①以内

217

と（条件）

にほんごのたんご
比べる

他下一 比較

跟妹妹比起來，姊姊果然是美女。

妹と比べると、姉の方がやっぱり美人だ。

【用言終止形 ・ 體言だ】＋と。陳述人和事物的一般條件關係。常用在機械的使用方法、一直有的習慣、說明路線及自然的現象等情況。在表示自然現象跟反覆的習慣時，不能使用表示說話人的意志、請求、命令、許可等語句。「と」前面要接現在普通形。「一…就」的意思。

 其它例句

済む
自五 結束；了結；湊合

▶▶ 工作一結束，他總會去喝一杯。

仕事が済むと、彼はいつも飲みに行く。

だす
接尾 開始…

▶▶ 一到家，便開始下起雨來了。

うちに着くと、雨が降りだした。

駐車場
名 停車場

▶▶ 一到停車場，發現車子不見了。

駐車場に行くと、車がなかった。

喉
名 喉嚨

▶▶ 一感冒，喉嚨就會痛。

風邪を引くと、喉が痛くなります。

□ 比(くら)べる　□ 済(す)む　□ だす　□ 駐車場(ちゅうしゃじょう)　□ 喉(のど)

參考形、音、義在<u>底線處</u>寫出正確單字。

合格記憶三步驟：
① 發音練習
② 圖像記憶
③ 最完整字義解說

助詞、指示詞

① _____

su mu

連續進行的事情結束了。
完畢；某個問題或糾紛妥
善地解決了。了結；還能
應付、湊合著用。將就。

② _____

no do

口腔後部連接食道和氣管的
地方。有聲帶可以發聲，並
使空氣和食物通過。

動手寫，成效加倍！

詞類的活用

③ _____

da su

當接尾詞的時候，表示
「開始…」的意思。

④ _____

chu u sha jo o

「駐車」是指把汽車等停下來，
放在該位置。而「駐車場」是
其停車的地方。

⑤ _____

ku ra be ru

把兩個以上的事物放在一起
觀察，弄清二者的異同點。

句型

219

まま

那戶人家，夜裡燈也照樣點著。

にほんごのたんご

つく

あの家は、夜も電気が
ついた<u>まま</u>だ。

自五 點上，(火)
點著

【用言連體形・體言の】＋まま。表示附帶狀況。表示一個動作或作
用的結果，在這個狀態還持續時，進行了後項的動作，或發生了後
項的事態。後項大多是不尋常的動作。動詞多接過去式。「…著」的
意思。

 其它例句

履く
他五 穿 (鞋、
襪)

請勿穿著鞋進入。

▶▶ 靴を履いた<u>まま</u>、入らないでください。

経験
名・他サ 經驗

我在沒有經驗的情況下，從事這份工作。

▶▶ 経験がない<u>まま</u>、この仕事をしている。

欠ける
自下一 缺損；
缺少

成員一直缺少一個人。

▶▶ メンバーが一人欠けた<u>まま</u>だ。

気持ち
名 心情；(身
體) 狀態

心情鬱悶地回來了。

▶▶ 暗い気持ちの<u>まま</u>帰ってきた。

☑ 形音義記憶練習

記住這些單字了嗎？

☐ つく ☐ 履く ☐ 経験 ☐ 欠ける ☐ 気持ち

參考形、音、義在底線處寫出正確單字。

合格記憶三步驟：
① 發音練習
② 圖像記憶
③ 最完整字義解說

助詞、指示詞

① _____

ki mo chi

接觸某事物或某人自然產生的感情或內心的想法。心情；由身體狀況引起的好壞的感覺。

② _____

tsu ku

指打開電器的開關。點上；又指火開始燃燒。點著。

動手寫，成效加倍！

詞類的活用

③ か _____

ka ke ru

東西的一部分缺損，已經不完整了。缺損；又指必須有的東西處於沒有的狀態。缺少。

④ _____

ke e ke n

自己實際上看到或做過的事。也指如此獲得的知識或技能。

⑤ _____

ha ku

把鞋或木屐等套在腳上。

句型

おわる

にほんごのたんご

もうすぐ

副 不久，馬上

> 這本書馬上就要看完了。

この本は、もうすぐ読み終わります。

【動詞連用形】＋おわる。接在動詞連用形後面，表示結束前接動詞的結束、完了。「結束」、「完了」的意思。

其它例句

殆ど
ほとん
名・副 幾乎

▶▶

> 大家幾乎用餐完畢了。

みんな、ほとんど食べ終わりました。

日記
にっき
名 日記

▶▶

> 日記已經寫好了。

日記は、もう書き終わった。

運動・する
うんどう
名・自サ 運動；運動

▶▶

> 運動完了，請將道具收拾好。

運動し終わったら、道具を片付けてください。

下げる
さ
他下一 向下；
掛；收走

▶▶

> 喝完了之後，杯子就會收走。

飲み終わったら、コップを下げます。

222

☑ 形音義記憶練習

記住這些單字了嗎？

□ もうすぐ　□ 殆^{ほとん}ど　□ 日記^{にっき}　□ 運動^{うんどう}・する　□ 下^さげる

參考形、音、義在<u>底線</u>處寫出正確單字。

合格記憶三步驟：
① 發音練習
② 圖像記憶
③ 最完整字義解說

①
_____
u n do o su ru

指為了健康和娛樂而活動身體。運動；又指物體隨著時間的經過改變位置。運動。

②
_____
mo o su gu

表示非常接近目標。

動手寫，成效加倍！

③
_____
ni kki

寫下當天的事的紀錄。

④
_____
ho to n do

事物的一半以上，幾乎接近全部的量或程度。

⑤
_____
sa ge ru

向低處移動。向下；又指把上部固定著的東西從上向下垂。掛；從原處收走到別處去。

詞類的活用

句型

正確解答 ① 運動・する うんどう　② もうすぐ　③ 日記 にっき　④ 殆ど ほとんど　⑤ 下げる さげる

223

I [a,b] の中から正しいものを選んで、○をつけなさい。

① 1度始め　（a. なら　　b. たら）、最後まで続けろよ。

② 中国料理　（a. なら　　b. たら）、あの店がいちばんおいしい。

③ 電話しようと　（a. した　　b. する）ところ、誤って、首相官邸につながった。

④ 会社が　（a. 終わったら　　b. 終わろうと）、雪が降っていた。

⑤ 1万円　（a. あたら　　b. あれば）、足りるはずだ。

⑥ 彼は部屋に　（a. 入れば　　b. 入ると）窓を開けた。

⑦ 大学を卒業し　（a. ても　　b. たら）、すぐ働きます。

⑧ 久しぶりに、小学校に行って　（a. みるところ　　b. みたところ）、大きなビルが建てられているのを見てびっくりした。

II 下の文を正しい文に並べ替えなさい。＿＿＿に数字を書きなさい。

① ＿＿＿ ＿＿＿ ＿＿＿ ＿＿＿、友達が待っていた。
　　1. 帰った　　2. 家　　3. ら　　4. に

② ＿＿＿ ＿＿＿ ＿＿＿ ＿＿＿ と、左手に駐車場が見えます。
　　1. から　　2. 行く　　3. ここ　　4. まっすぐ

③ ＿＿＿ ＿＿＿ ＿＿＿ ＿＿＿、とてもおいしいことがわかった。
　　1. ところ　　2. 食べて　　3. 納豆を　　4. みた

練習を
しましょう 複習⑧ 単字題I

I [a〜e]の中から適当な言葉を選んで、（　　）に入れなさい。
（必要なら形を変えなさい）

a. 集める	b. 集まる	c. 欠ける	d. 連れる	e. 空く

① 先生はみんなをランニングに（　　　　　　　　）行きました。

② 卒業式の練習のために生徒たちを講堂に（　　　　　　　）います。

③ 歌を歌うことが好きな人が（　　　　　　）、会を作りました。

④ 硬いものを食べていたら、歯が（　　　　　　）しまいました。

II [a〜e]の中から適当な言葉を選んで、（　　）に入れなさい。

a. スーパー	b. 工場	c. 駐車場	d. 動物園	e. 教会

① 今働いてる（　　　　　　　　）は、小さいですが技術は確かです。

② 駅前の（　　　　　　　）で肉を買いました。

③ 結婚式は森の中の小さな（　　　　　　）で挙げるのが夢でした。

④ （　　　　　　　　）が狭くて、車を入れるのが難しかったです。

a. 小学校	b. 医学	c. 数学	d. 専門	e. 歴史

① 私は大学1年生で、中国語を（　　　　　　　　）に勉強しています。

② 最近、日本語や日本の伝統、文化、（　　　　　　　）に興味をもっています。

③ 弟はこの春（　　　　　　）に入学します。

④ （　　　　　　）の問題を解いて、正しい答えを求めるのが好きです。

助詞、指示詞

詞類的活用

句型

225

練習を
しましょう 複習⑧ **文法題 II**

I [a,b] の中_{なか}から正_{ただ}しいものを選_{えら}んで、○をつけなさい。

① 明日_{あした}までに宿題_{しゅくだい}を （a. やって　　b. やり）しまうのは無理_{むり}です。

② 父_{ちち}からもらったペンをいつまでも使_{つか}い （a. 出_だしたい
　　b. 続_{つづ}けたい）です。

③ 料理_{りょうり}を冷蔵庫_{れいぞうこ}に保存_{ほぞん}して （a. おきます　　b. いきます）。

④ （a. 飲_のみ　　b. 飲_のんで）終_おわったら、コップを下_さげます。

⑤ 靴_{くつ}も （a. はかない　　b. はく）まま、走_{はし}りだした。

⑥ ごめん、君_{きみ}のワインを間違_{まちが}えて （a. 飲_のんでしまう
　　b. 飲_のんじゃった）。

⑦ 勉強_{べんきょう}し （a. 続_{つづ}けた　　b. 終_おわった）ので、車_{くるま}でドライブ
でもしますか。

⑧ 学校_{がっこう}を卒業_{そつぎょう}しても、いろんな本_{ほん}で勉強_{べんきょう}し （a. ておく
　　b. 続_{つづ}ける）つもりです。

II 下_{した}の文_{ぶん}を正_{ただ}しい文_{ぶん}に並_{なら}べ替_かえなさい。＿＿＿＿に数字_{すうじ}を書_かきなさい。

① 電車_{でんしゃ}に ＿＿＿ ＿＿＿ ＿＿＿ ＿＿＿ ました。
　1. を　　2. 忘_{わす}れ物_{もの}　　3. しまい　　4. して

② 将来_{しょうらい}の夢_{ゆめ} ＿＿＿ ＿＿＿ ＿＿＿ ＿＿＿ くださいね。
　1. 走_{はし}り　　2. の　　3. ために　　4. 続_{つづ}けて

③ 3時間_{じかん}をかけて、やっと ＿＿＿ ＿＿＿ ＿＿＿ ＿＿＿ ました。
　1. 部屋_{へや}を　　2. 終_おわり　　3. し　　4. 掃除_{そうじ}

練習を
しましょう 複習⑧ **単字題Ⅱ**

Ⅰ [a〜e]の中から適当な言葉を選んで、（　　）に入れなさい。
（必要なら形を変えなさい）

a. 済む	b. 続く	c. 迎える	d. 叱る	e. 続ける

① 急な雨で、妻が駅まで（　　　　　　　）に来てくれました。

② 用事は（　　　　　　　）ので、ゆっくり帰ります。

③ 天気予報によると、この暑さは来月末まで（　　　　　）そうです。

④ 毎日この運動を（　　　　　　　）と健康になります。

a. 盗む	b. 見付かる	c. 捕まえる	d. 逃げる	e. なくす

① 鍵をかけていなかったので、自転車を（　　　　　　）れました。

② 格闘の末、マグロに糸を切られて（　　　　　）られてし
まった。

③ 玄関の鍵を（　　　　　　）しまったので、スマホで鍵屋を呼
んで、開けてもらいました。

④ 警官が泥棒を（　　　　　　）くれたので、安心しなさい。

a. 思う	b. 調べる	c. 比べる	d. 思い出す	e. 訪ねる

① 人に説明するためには、自分で（　　　　　）おくことが大切です。

② 最初は、断ろうかと（　　　　　　）いたが、出席することにし
ました。

③ 日本の家は、欧米と（　　　　　　　）と狭いです。

④ 一番楽しかったことを（　　　　　　）みてください。

ても／でも

にほんごのたんご

うかがう

他五 詢問；打聽

> 老師或許也不知道，總之問問看吧！
>
> 先生<u>でも</u>わからないかもしれないが、まあ、うかがってみましょう。

【動詞、形容詞連用形】＋ても；【體言・形容動詞詞幹】＋でも。典型的假定逆接表現。表示後項的成立，不受前項的約束。且後項常用各種意志表現的說法。在表示假定的事情時，常跟副詞「たとえ、もし、万が一」一起使用是其特徵。「即使…也」的意思。

　其它例句

会話
名・自サ 會話 ▶▶

> 即使練習會話，也始終不見進步。
>
> 会話の練習をし<u>ても</u>、なかなか上手になりません。

気分
名 情緒；身體狀況；氣氛 ▶▶

> 即使身體不舒服，也不請假。
>
> 気分が悪く<u>ても</u>、会社を休みません。

事故
名 意外，事故 ▶▶

> 遇到事故，卻毫髮無傷。
>
> 事故に遭っ<u>ても</u>、ぜんぜんけがをしなかった。

社会
名 社會 ▶▶

> 即使社會嚴峻，我也會努力的。
>
> 社会が厳しく<u>ても</u>、私はがんばります。

☑ 形音義記憶練習

記住這些單字了嗎？

☐ うかがう ☐ 会話 ☐ 気分 ☐ 事故 ☐ 社会

參考形、音、義在底線處寫出正確單字。

合格記憶三步驟：
① 發音練習
② 圖像記憶
③ 最完整字義解說

① _____
ji ko

在意外情況下，發生的不好事件。

②_____
u ka ga u

指「聞く」(詢問)、「たずねる」(打聽) 的謙辭。

動手寫，成效加倍！

③_____
ka i wa

兩個人或兩個以上的人們之間相互交談。也指其談的話。

詞類的活用

④_____
sha ka i

形成組織，共同生活的人們的集體。從家族、公司到都市、國家等，其規模、性質各式各樣。

⑤_____
ki bu n

每時每刻的感情，心理狀態。情緒；又指身體狀況；還指整體籠罩的氣氛。氣氛。

句型

疑問詞＋ても／でも

にほんごのたんご

怖い
こわ

形 可怕，害怕

→

不管怎麼害怕，也絕不哭。

どんなに怖くても、ぜったい泣かない。
こわ　　　　　　　　な

【疑問詞】ても／でも。(1) 前面接疑問詞，表示不論什麼場合，都要進行後項，也就是不管什麼樣的條件，不論疑問詞後面的詞程度有多高，都會產生後項的結果。「不管（誰／什麼／哪兒）…」的意思；(2) 表示全面肯定或否定，也就是沒有例外，全部都是。「無論…」的意思。這裡是用法（2）。

 其它例句

出発・する
しゅっぱつ

名・自サ 出發；起步

▶▶

無論如何，明天都要出發。

なにがあっても、明日は出発します。
あした　　しゅっぱつ

戦争・する
せんそう

名・自サ 戰爭

▶▶

不管是哪個時代，戰爭都不會消失的。

いつの時代でも、戦争はなくならない。
じだい　　　　せんそう

通り
とお

名 道路，街道

▶▶

不管哪條路，車都很多。

どの通りも、車でいっぱいだ。
とお　　くるま

嬉しい
うれ

形 高興，喜悅

▶▶

不管是誰，只要被誇都會很高興的。

誰でも、ほめられれば嬉しい。
だれ　　　　　　　　　うれ

☑ 形音義記憶練習

記住這些單字了嗎？

□ 怖い <small>こわ</small>　□ 出発・する <small>しゅっぱつ</small>　□ 戦争・する <small>せんそう</small>　□ 通り <small>とお</small>　□ 嬉しい <small>うれ</small>

參考形、音、義在底線處寫出正確單字。

合格記憶三步驟：
① 發音練習
② 圖像記憶
③ 最完整字義解說

①
_____
shu ppa tsu su ru

指向目的地出發。出發；
又指開始新的工作。起
步。

動手寫，成效加倍！

②
_____
u re shi i

表示由於事情進展順利，心
裡感到滿足、快活的心理狀
態。具有心中洋溢著滿足感
的語感。

③
_____
se n so o su ru

指國家與國家之間使用武器
交戰。

④
_____
ko wa i

表示感到恐怖、不安的樣子。
覺得要發生壞事或為難的事，
想要逃跑。也指擔心會出現
壞的結果。

⑤
_____
to o ri

比較大的街道、馬路。大街。

助詞、指示詞

詞類的活用

句型

正確解答　①出発・する <small>しゅっぱつ</small>　②嬉しい <small>うれ</small>　③戦争・する <small>せんそう</small>　④怖い <small>こわ</small>　⑤通り <small>とお</small>

231

だろう

にほんごのたんご

以外
い がい

名 除外；除了…以外

除了他以外，大家都會來吧！

彼以外は、みんな来るだろう。
かれ い がい　　　　　　　　 く

【用言終止形】＋だろう。使用降調，表示說話人對未來或不確定事物的推測。且說話人對自己的推測有相當大的把握。常跟副詞「たぶん、きっと」等一起使用。女性多用「でしょう」。「でしょう」也常用在推測未來的天氣上。「…吧」的意思；使用升調，則表示詢問對方的意見，含有請對方一起來判斷之意。

其它例句

気
き

名 氣氛；心思

▶▶

應該會發現吧！

たぶん気がつくだろう。
き

客
きゃく

名 客人；顧客

▶▶

會有很多客人進來吧！

客がたくさん入るだろう。
きゃく　　　　　　　 はい

国際
こく さい

名 國際

▶▶

她一定會從事國際性的工作吧！

彼女はきっと国際的な仕事をするだろう。
かのじょ　　　　 こくさいてき　 し ごと

試合
し あい

名・自サ 比賽

▶▶

比賽一定很有趣吧！

試合はきっとおもしろいだろう。
し あい

☑ 形音義記憶練習

☐ 以外（いがい） ☐ 気（き） ☐ 客（きゃく） ☐ 国際（こくさい） ☐ 試合（しあい）

參考形、音、義在<u>底線</u>處寫出正確單字。

合格記憶三步驟：
① 發音練習
② 圖像記憶
③ 最完整字義解說

① _____

ko ku sa i

不只是一國的問題，而是關係到各國。

② _____

shi a i

在競技或武術中，比較對方的能力或技術以爭勝負。也指其勝負。

③ _____

ki

在現場飄蕩的氣息。氣息。氣氛；又指做什麼時的心裡活動。心思。

動手寫，成效加倍！

④ _____

i ga i

指一定的範圍之外，除它之外；先限定某事物，指出除此之外沒有別的了。除它之外。

⑤ _____

kya ku

被邀請或有事到家裡或公司等處訪問的人。客人；也指付錢觀聽、進餐或乘車的人。顧客。

助詞、指示詞

詞類的活用

句型

233

（だろう）と思う

にほんごのたんご
割合（に）

副 相比而言；比較地；更…一些

> 我想東京的冬天，應該比較冷吧！

とうきょう ふゆ わりあいさむ おも
東京の冬は、割合寒いだろうと思う。

【普通形】＋（だろう）と思う。意思幾乎跟「だろう」相同，不同的是「と思う」比「だろう」更清楚的講出，推測的內容，只不過是說話人主觀的判斷，或個人的見解。而「だろうと思う」由於說法比較婉轉，所以讓人感到比較鄭重。「（我）想…」、「（我）認為…」的意思。

 其它例句

ほし
星
名 星星

> 我想在山上應該可以看到很多的星星吧！

やま うえ ほし み おも
山の上では、星がたくさん見えるだろうと思います。

ひる ま
昼間
名 白天，白晝

> 我想他白天應該很忙吧！

かれ ひる ま いそが おも
彼は、昼間は忙しいと思います。

だいがくせい
大学生
名 大學生

> 我想鈴木先生的兒子，應該大學生了。

すず き むす こ だいがくせい おも
鈴木さんの息子は、大学生だと思う。

め
目
接尾 第…

> 我想田中應該是從右邊算起的第 3 位。

た なか みぎ にん め ひと おも
田中さんは、右から 3 人目の人だと思う。

□割合に　□星　□昼間　□大学生　□目

參考形、音、義在底線處寫出正確單字。

合格記憶三步驟：
① 發音練習
② 圖像記憶
③ 最完整字義解說

① ＿＿＿＿＿＿＿
wa ri a i ni

當作副詞時，表示比較起來；又指出乎意料地。

② ＿＿＿＿＿＿＿
me

接在數詞下面，表示順序。

動手寫，成效加倍！

③ ＿＿＿＿＿＿＿
ho shi

夜空中點點閃耀的天體。

④ ＿＿＿＿＿＿＿
di ga ku se e

「大学」是指在高中之上，學習專門知識的學校。在那裡學習的人叫「大学生」。

⑤ ＿＿＿＿＿＿＿
hi ru ma

一天當中從日出到日落之間。

助詞、指示詞

詞類的活用

句型

練習を
しましょう　複習⑨　**文法題 I**

Ⅰ　[a,b] の中^{なか}から正^{ただ}しいものを選^{えら}んで、○をつけなさい。

① 彼女^{かのじょ}はいつも元気^{げんき}　（a. けれど　　b. だけれど）、今日^{きょう}は
あまり元気^{げんき}がない。

② クーラーをつけた　（a. のに　　b. から）、まだ暑^{あつ}い。

③ いくら　（a. ほしくても　　b. ほしいでも）、これはいた
だけません。

④ そんな事^{こと}は小学生^{しょうがくせい}　（a. たら　　b. でも）　知^しっている。

⑤ 彼^{かれ}は3時^じに来^くると言^いった　（a. のに　　b. ので）　来^こなかった。

⑥ 今度^{こんど}の日曜日^{にちようび}、映画^{えいが}　（a. へも　　b. でも）　行^いきましょう
か。

⑦ このコンビニの店員^{てんいん}は、若^{わか}い　（a. けれど　　b. それで）
親切^{しんせつ}です。

Ⅱ　下^{した}の文^{ぶん}を正^{ただ}しい文^{ぶん}に並^{なら}べ替^かえなさい。＿＿＿に数字^{すうじ}を書^かきなさい。

① 両親^{りょうしん} ＿＿ ＿＿ ＿＿ ＿＿ も日本^{にほん}に留学^{りゅうがく}しま
す。
　　1. 反対^{はんたい}　　2. されて　　3. どんなに　　4. に

② ＿＿ ＿＿ ＿＿ ＿＿ っておもしろいですね。
　　1. どこ　　2. 洗濯機^{せんたくき}　　3. 使^{つか}える　　4. でも

③ ＿＿ ＿＿ ＿＿ ＿＿、わからなかったのです。
　　1. に　　2. 彼^{かれ}　　3. けれど　　4. 尋^{たず}ねた

練習を
しましょう　複習⑨　**單字題 I**

I　[a～e]の中から適当な言葉を選んで、(　　)に入れなさい。

| a.員　　b.君　　c.お金持ち　　d.市民　　e.客 |

① 子どもの頃から (　　　　　　) になるのが夢でした。

② このうどん屋はおいしいし、値段も安いので、いつもお
　 (　　　　　　) さんが多いです。

③ 彼女は (　　　　　　) にああ言ったけど、本当は
　 (　　　　　　) のことが好きなんですよ。

④ ここは (　　　　　　) にとって、とても大切な自然です。

| a.　クレジットカード　b.　割合　c.　仕送り　d.　暗証番号　e.　おつり |

① 子どものスマホを持っている (　　　　　　) が増えています。

② (　　　　　　) は銀行から送られて来た手紙に書いてあります。

③ はい、650円の (　　　　　　) です。どうもありがとうござ
　 いました。

④ 父親は息子に月々 20万円の (　　　　　　) をしました。

| a.法律　　b.戦争　　c.規則　　d.請求書　　e.産業 |

① (　　　　　　) のときに、戦場にいる兄を思って詩を書きました。

② 私は弁護士になるために、(　　　　　　) を勉強しました。

③ すべての会員は、これらの (　　　　　　) を守ることが必要
　 です。

④ この国の主な (　　　　　　) は自動車の生産です。

Ⅰ [a,b] の中から正しいものを選んで、○をつけなさい。

① こんな家を　(a. 建てたいだ　　b. 建てたい)　と思います。

② 有名な建築家がデザインした家ですから、(a. 高く
　　b. 高い)　だろうと思います。

③ のどが渇きましたね。水　(a. にも　　b. でも)　飲みましょうか。

④ 都会へ行ったら、もっと生活が厳しく　(a. なりたい
　　b. なる)　だろうと思う。

⑤ 今晩から明日の朝にかけて、強い雨が　(a. 降る　　b. 降よう)
　　と思います。

⑥ 私はいつ　(a. でも　　b. にも)　あなたの味方だよ。

⑦ 彼はたぶん気が　(a. つきます　　b. つく)　だろう。

Ⅱ 下の文を正しい文に並べ替えなさい。＿＿＿ に数字を書きなさい。

① 明日も　＿＿＿ ＿＿＿ ＿＿＿ ＿＿＿　だろう。
　　1. Cチーム　　2. きっと　　3. 勝つ　　4. が

② 東京の冬は、＿＿＿ ＿＿＿ ＿＿＿ ＿＿＿。
　　1. 寒い　　2. と思う　　3. だろう　　4. 割合に

③ この仕事は、男性　＿＿＿ ＿＿＿ ＿＿＿ ＿＿＿　OK で
　　す。
　　1. 何　　2. 歳　　3. なら　　4. でも

238

練習を
しましょう 複習⑨ 單字題Ⅱ

Ⅰ [a～e]の中から適当な言葉を選んで、（　　）に入れなさい。
（必要なら形を変えなさい）

a. ラブラブ　b. 恥ずかしい　c. 複雑　d. 怖い　e. すごい

① 私は字が下手でよく（　　　　　　）思いをします。

② 卒業するとき、期待と不安で（　　　　　　）気持ちになりました。

③ 「彼はテニスがとても上手ですよ。」「そうですか、
（　　　　　　）ですね。」

④ 一人じゃ（　　　　　　）から、一緒にこの映画を見ましょう。

Ⅱ [a～e]の中から適当な言葉を選んで、（　　）に入れなさい。

a. 悲しい　b. うれしい　c. うるさい　d. ユーモア　e. 寂しい

① あなたに会えて本当に（　　　　　　）です。

② こんな（　　　　　　）音楽を聴いていたら、耳がおかしく
なっちゃいますよ。

③ 一人でこんなに大きい一軒家に住むのは大変だし、
（　　　　　　）ですよ。

④ 人気なコンサートのチケットを買えず、（　　　　　　）です。

a. 漫画　b. 文化　c. テキスト　d. 会話　e. 日記

① 英語を読むことはできるが、（　　　　　　）はできません。

② いいこと（　　　　　　）をつけ始めたのは３年前でした。

③ （　　　　　　）ばかり読まないで小説も読みなさい。

④ 毎日漢字の（　　　　　　）を通勤のかばんに入れて、勉強しています。

239

らしい

雨好像會持續到下週。

雨は来週も続くらしい。

続く
自五 繼續；接連；跟著

【動詞、形容詞終止形 ‧ 形容動詞詞幹 ‧ 體言】＋らしい。表示從眼前可見的事物等狀況，來進行判斷。「好像…」、「似乎…」的意思；又指從自己聽到的客觀內容為根據，來進行推測。含有推測的責任不在自己的語氣。「說是…」、「好像…」的意思；又充分反應出該事物的特徵或性質。「像…樣子」、「有…風度」的意思。

 其它例句

神社
名 神社 ▶▶

這個神社每逢慶典好像都很熱鬧。

この神社は、祭りのときはにぎやからしい。

すべる
自下一 滑（倒），滑動 ▶▶

這條路，下雨天好像很滑。

この道は、雨の日はすべるらしい。

西洋
名 西洋，歐美 ▶▶

他好像在研究西洋文化。

彼は、西洋文化を研究しているらしいです。

込む
自五 擁擠；深入；完全 ▶▶

早上的電車好像很擠。

朝の電車は、込んでいるらしい。

參考形、音、義在底線處寫出正確單字。

合格記憶三步驟：
① 發音練習
② 圖像記憶
③ 最完整字義解說

① _____

ji n ja

供奉日本神的建築物。

② _____

tsu zu ku

長長連接，中間不斷的狀態。
繼續；又指接連不斷地發生。
接連；還指緊跟在後面。跟
著。

動手寫，成效加倍！

③ _____

su be ru

平滑地移動。滑；又指腳或車
輪等接觸地面的部分，無法停
住，失去穩定。滑；還指沒有
辦法抓住，拿不住。滑。

④ _____

ko mu

人或物等擠得滿滿的，不能自
由轉動的狀態。

⑤ _____

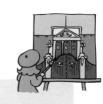

se e yo o

指歐洲和美洲各國。

かもしれない

にほんごのたんご

教会
きょうかい

名 教會

> 明天教會也許有音樂會。

明日、教会でコンサートがあるかもしれない。
あした　きょうかい

【用言終止形・體言】＋かもしれない。表示說話人說話當時的一種不確切的推測。推測某事物的正確性雖低，但是有可能的。肯定跟否定都可以用。跟「かもしれない」相比，「と思います」、「だろう」的說話者，對自己推測都有較大的把握。其順序是：と思います＞だろう＞かもしれない。中文是：「也許…」、「可能…」。

 其它例句

厳しい
きび

形 嚴格；嚴重

> 新老師也許會很嚴格。
>
> ## 新しい先生は、厳しいかもしれない。
> あたら　せんせい　きび

折れる
お

自下一 折彎；
折斷

> 樹枝或許會被颱風吹斷。
>
> ## 台風で、枝が折れるかもしれない。
> たいふう　えだ　お

いただく

他五 接收，領
取；吃，喝

> 那商品也許我會要。
>
> ## その品物は、私がいただくかもしれない。
> しなもの　わたし

音
おと

名 （物體發出的）
聲音；音，聲音

> 那可能是汽車的聲音。
>
> ## あれは、自動車の音かもしれない。
> じどうしゃ　おと

242

☑ 形音義記憶練習

□教会　□厳しい　□折れる　□いただく　□音
_{きょうかい}　_{きび}　_お　　　　　_{おと}

參考形、音、義在底線處寫出正確單字。

合格記憶三步驟：
① 發音練習
② 圖像記憶
③ 最完整字義解說

① ＿＿＿＿＿＿
i ta da ku

「もらう」的謙讓語；又
指「飲む」(喝)、「食べる」
(吃) 的謙讓語。
_の　　　_た

② ＿＿＿＿＿＿
o to

耳朵能聽見的聲音。物體發
出的聲音。

動手寫，成效加倍！

③ ＿＿＿＿＿＿
ki bi shi i

表示沒有含糊或妥協之處，嚴
格、嚴厲、不容寬恕的樣子；
又表示程度到了難以忍受的極
限。

④ ＿＿＿＿＿＿
kyo o ka i

基督教的，宣講神的教義，舉
行儀式的建築物。

⑤ ＿＿＿＿＿＿
o re ru

因加外力變彎。折彎；又指
折為兩段。折斷。

はずだ

如果有一萬圓，應該是夠的。

足りる（た）

一万円あれば、足りるはずだ。

自上一 足夠；可湊合

【用言連體形・體言の】＋はずだ。表示說話人根據自己擁有的知識、知道的事實或理論來推測出結果。主觀色彩強，是較有把握的推斷。「（按理說）應該…」的意思；也用在說話人對原本感到不可理解的事物，在得知其充分的理由後，而感到信服時。「怪不得…」的意思。

其它例句

できる
自上一 完成；能夠

▶▶

一星期應該就可以完成的。

一週間でできるはずだ。

場合（ば あい）
名 時候；狀況，情形

▶▶

他不來的時候，應該會給我電話的。

彼が来ない場合は、電話をくれるはずだ。

貿易（ぼう えき）
名 貿易

▶▶

貿易工作應該很有趣的！

貿易の仕事は、おもしろいはずだ。

港（みなと）
名 港口，碼頭

▶▶

港口應該有很多船。

港には、船が沢山あるはずだ。

參考形、音、義在底線處寫出正確單字。

合格記憶三步驟：
① 發音練習
② 圖像記憶
③ 最完整字義解說

① _____

bo o e ki

跟國外進行商品的買
賣、交易。

② _____

ta ri ru

表示東西非常足夠，需要多少
就有多少。夠；又表示勉強湊
合，將就可用。可湊合。

動手寫，成效加倍！

③ _____

ba a i

成為某種狀態時或遇到某事
時。時候；又指當時的情況、
狀態。情形。

④ _____

mi na to

具有能使船舶安全進出、停
泊，使船客乘降，使貨物安
全裝卸的設備的地方。

⑤ _____

de ki ru

指在有目的的基礎下，被完
成的意思。做好；又指有能
力或可能性。可能。能夠。

正確解答　⑤できる　④港　③場合　②足りる　①貿易

245

はずがない

見える

自下一 看見；看得見；看起來

従這裡不可能看得到東京鐵塔。

ここから東京タワーが見えるはずがない。

【用言連體形】＋はずが（は）ない。表示說話人根據自己擁有的知識、知道的事實或理論，來推論某一事物，完全不可能實現、不會有、很奇怪。主觀色彩強，是較有把握的推斷。「不可能…」、「不會…」、「沒有…的道理」的意思。

 其它例句

人形
名 洋娃娃，人偶

▶▶ 洋娃娃的頭髮不可能變長。
人形の髪が伸びるはずがない。

店員
名 店員

▶▶ 不可能沒有店員在。
店員がだれもいないはずがない。

承知・する
名・他サ 知道，了解，同意

▶▶ 他不可能接受這樣的條件。
彼がこんな条件で承知するはずがありません。

乾く
自五 乾；口渴

▶▶ 洗好的衣物，不可能那麼快就乾。
洗濯物が、そんなに早く乾くはずがありません。

□見<ruby>み<rt></rt></ruby>える　□人形<ruby>にんぎょう<rt></rt></ruby>　□店員<ruby>てんいん<rt></rt></ruby>　□承知<ruby>しょうち<rt></rt></ruby>・する　□乾<ruby>かわ<rt></rt></ruby>く

參考形、音、義在底線處寫出正確單字。

合格記憶三步驟：
① 發音練習
② 圖像記憶
③ 最完整字義解說

① _____
mi e ru

眼睛自然而然地感覺到形狀、顏色和樣子。看見；又指能看得見；還指從外觀判斷，認為是…。看起來。

② _____
ka wa ku

在物體中含有的水分或潮氣消失。乾；又指喉嚨很渴，想喝水。口渴。

動手寫，成效加倍！

③ _____
sho o chi su ru

指承認對方的要求或希望等並答應下來。

④ _____
ni n gyo o

用土、木、紙、布、塑膠等，仿照人的模樣製做的玩具。

⑤ _____
te n i n

指在商店或百貨公司等販賣物品的人。

助詞、指示詞

詞類的活用

句型

247

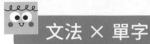

ようだ

青菜的價格好像要上漲了。

にほんごのたんご

上がる

自五 上昇；昇高；
上升

野菜の値段が上がるようだ。

【用言連體形・體言の】＋ようだ。表示推測。用在說話人從各種情況，來推測人或事物是後項的情況。這一推測是說話人的想像，是主觀的、根據不足的。口語大多用「みたいだ」。「好像…」的意思。

 其它例句

けが・する
名・自サ 受傷

好像很多人受傷了。

▶▶ **たくさんの人がけがをしたようだ。**

変わる
自五 變化，改變

他的想法好像變了。

▶▶ **彼は、考えが変わったようだ。**

公務員
名 公務員

要當公務員好像很難。

▶▶ **公務員になるのは、難しいようです。**

すり
名 扒手

錢包好像被扒手扒走了。

▶▶ **すりに財布を取られたようです。**

☑ 形音義記憶練習

記住這些單字了嗎？

□ 上^あがる　□ けが・する　□ 変^かわる　□ 公務員^{こうむいん}　□ すり

參考形、音、義在<u>底線</u>處寫出正確單字。

合格記憶三步驟：
① 發音練習
② 圖像記憶
③ 最完整字義解說

① ＿＿＿＿＿＿＿＿
su ri

在人群中偷偷地，快速
竊取他人的囊中物或攜
帶品。也指這種人。

② ＿＿＿＿＿＿＿＿
ke ga su ru

指身體的某部位受傷，皮膚
破裂了，筋骨損傷了。也指
受的傷。

動手寫，成效加倍！

③ ＿＿＿＿＿＿＿＿
ka wa ru

變得跟以前不同的狀態。

④ ＿＿＿＿＿＿＿＿＿＿
ko o mu i n

在國家機關或地方政府工作的
人。有國家機關公務員和地方
政府公務員。

⑤ ＿＿＿＿＿＿＿＿
a ga ru

指程度、價錢等提高；又指
向高處移動；還有，地位、
等級、層次等上升。

右側邊欄（由上至下）：
助詞、指示詞
詞類的活用
句型

 正確解答　①すり　②けが・する　③変^かわる　④公務員^{こうむいん}　⑤上^あがる

文法 × 單字　054

（によると）～そうだ

にほんごのたんご

手袋（てぶくろ）

図 手套

> 聽說她買了新手套。
>
> 彼女（かのじょ）は、新（あたら）しい手袋（てぶくろ）を買（か）ったそうだ。

【用言終止形】＋そうだ。表示不是自己直接獲得的，而是從別人那裡、報章雜誌或信上等，得到該信息的。表示信息來源的時候，常用「によると」（根據）或「～の話（はなし）では」（說是）等形式。「聽說…」、「據說…」的意思。

其它例句

飛行場（ひこうじょう）
図 機場

> 聽說要蓋另一座機場。
>
> もう一（ひと）つ飛行場（ひこうじょう）ができるそうだ。

売場（うりば）
図 賣場

> 聽說襪子的賣場在2樓。
>
> 靴下売場（くつしたうりば）は2階（かい）だそうだ。

味（あじ）
図 味道；妙處

> 聽他說這糕點有柳橙味。
>
> 彼（かれ）によると、このお菓子（かし）はオレンジの味（あじ）がするそうだ。

おき
接尾 每隔…

> 根據氣象報告，每隔一天會下雨。
>
> 天気予報（てんきよほう）によると、一日（いちにち）おきに雨（あめ）が降（ふ）るそうだ。

☑ 形音義記憶練習　　記住這些單字了嗎？

□ 手袋（てぶくろ）　□ 飛行場（ひこうじょう）　□ 売場（うりば）　□ 味（あじ）　□ おき

參考形、音、義在<u>底線處</u>寫出正確單字。

合格記憶三步驟：
① 發音練習
② 圖像記憶
③ 最完整字義解說

① ＿＿＿＿＿＿＿＿＿

hi ko o jo o

有飛機起飛降落設備的，平坦寬闊的場所。

② ＿＿＿＿＿＿＿＿＿

te bu ku ro

為了保溫、保護或裝飾而套在手上的袋狀的皮革、毛線或布等的製品。

動手寫，成效加倍！

③ ＿＿＿＿＿＿＿＿＿

a ji

舌頭接觸飲食時的感覺；又指從事物中感受到的特有的趣味。

④ ＿＿＿＿＿＿＿＿＿

o ki

接在數量詞後面，表示只隔該數量的間隔。

⑤ ＿＿＿＿＿＿＿＿＿

u ri ba

賣商品或票等的地方。

 正確解答　①ひこうじょう　②てぶくろ　③あじ　④おき　⑤うりば

251

助詞、指示詞

詞類的活用

句型

Ⅰ　[a,b] の中から正しいものを選んで、○をつけなさい。

① 電車、もう少し空いて　(a. いると　　b. いるのは)　いいんだけど。

② 先週林さんは中国へ行ったから、今日本にいない　(a. ことです　　b. はずです)　よ。

③ 私がいなくなっても、(a. 悲しまないで　　b. 悲しくないで)　ほしいです。

④ 彼がそばに　(a. いた　　b. いる)　といいなあ。

⑤ 誰か私のそばに　(a. いてたい　　b. いてほしい)。

⑥ ここから学校まで急いでも 10 分で　(a. つくはずがない　　b. つくはずではない)。

⑦ 来月給料が　(a. 上がろう　　b. 上がる)　といいなあ。

Ⅱ　下の文を正しい文に並べ替えなさい。＿＿＿に数字を書きなさい。

① お　＿＿＿　＿＿＿　＿＿＿　＿＿＿　いいなあ。

　　1. 終わる　　2. 早く　　3. と　　4. 仕事

② どうか僕　＿＿＿　＿＿＿　＿＿＿　＿＿＿　です。

　　1. いて　　2. を　　3. ほしい　　4. 忘れないで

③ 全然仕事が終わらないのに、今夜の　＿＿＿　＿＿＿　＿＿＿　＿＿＿　がないよ。

　　1. はず　　2. に　　3. 飲み会　　4. 行ける

練習を
しましょう **複習⑩** **單字題 I**

I [a ～ e]の中から適当な言葉を選んで、(　　)に入れなさい。

> **a.** 小さじ　**b.** コーヒーカップ　**c.** ラップ　**d.** 味　**e.** 匂い

① 最後に(　　　　　　)1杯の醤油をかけると風味が違うんですよ。

② 家へ帰るとカレーの(　　　　　　)がしました。

③ (　　　　　　)が薄かったので、醤油を少し足しました。

④ 刺身をきれいに皿に盛ったら、(　　　　　)をして冷蔵庫
に入れましょう。

> **a.** 港　　**b.** 床屋　　**c.** 空港　　**d.** 寺　　**e.** 事務所

① 飛行機の到着に合わせて、成田(　　　　　)へお迎えに行
きます。

② うちの(　　　　　　)に弁護士がたくさんおります。

③ 髪が長すぎるので、(　　　　　　)で切ってもらいました。

④ 船は食料品を積んで(　　　　　)に入って来ました。

II [a ～ e]の中から適当な言葉を選んで、(　　)に入れなさい。
（必要なら形を変えなさい）

> **a.** 釣る　**b.** 見える　**c.** 泊まる　**d.** 楽しむ　**e.** 案内する

① 東京では友達の家に(　　　　　)ろうと思っています。

② 社長の部屋に(　　　　　)もらいました。

③ この週末、川で魚を(　　　　　)つもりです。

④ 大勢の人がコンサートを(　　　　　)います。

I [a,b] の中から正しいものを選んで、○をつけなさい。

① 彼はアメリカの大学に行っていたから、英語が （a. 上手
b. 上手な） はずだ。

② 「鬼滅の刃」という漫画が、世界中で人気が （a. ある
b. あって） そうです。

③ 今は夏休み期間だから、先生も （a. 休みの b. 休みな） はずだ。

④ 今朝から何も食べていないので、お腹がすいて （a. 死にそ
うだ b. 死ぬそうだ）。

⑤ 山田さんは N1 に合格した （a. ということだ b. という
ものだ）。

⑥ きれいに書くだけで覚えられる （a. はず b. そう） がない。

⑦ 今朝近くで女性が後ろから襲われる （a. で b. と） い
う事件があったらしい。

II 下の文を正しい文に並べ替えなさい。＿＿＿＿ に数字を書きなさい。

① ＿＿＿ ＿＿＿ ＿＿＿ ＿＿＿ 1 度は行ってみたいね。

1. ところ 2. に 3. という 4. ハワイ

② 彼は医者だから、病気 ＿＿＿ ＿＿＿ ＿＿＿ ＿＿＿ だ。

1. ついて 2. はず 3. 詳しい 4. に

③ 来週からガソリンの ＿＿＿ ＿＿＿ ＿＿＿ ＿＿＿ だ。

1. という 2. こと 3. 価格が 4. 上がる

練習を しましょう 複習⑩ 單字題 II

I [a～e]の中から適当な言葉を選んで、（　　）に入れなさい。

| a. 人形 | b. 踊り | c. 趣味 | d. コンサート | e. 花見 |

① 隣の公園の桜が咲き始めました。お（　　　　　　　）に行きましょう。

② 人気グループの（　　　　　　　）になると、会場内だけではなく、会場外にも人が集まる。

③ 本棚を見れば、その人の（　　　　　　　）や考え方がわかります。

| a. 相談 | b. 意見 | c. 仕方 | d. 場合 | e. 約束 |

① 人の（　　　　　　　）に乗る仕事をしたいです。

② 言葉の意味がわからない（　　　　　　　）は、辞書で調べてください。

③ 車の運転の（　　　　　　　）を学んでいます。

II [a～e]の中から適当な言葉を選んで、（　　）に入れなさい。
（必要なら形を変えなさい）

| a. 増える | b. もらう | c. やる | d. 足す | e. 上がる |

① 味噌汁に牛乳を（　　　　　　　）みてください。体が温まりますよ。

② お誘いのメールを（　　　　　　　）ので、喜んで遊びに行きました。

③ 育てている野菜に水を（　　　　　　　）のを忘れてしまって、全部枯れてしまいました。

④ 日本で暮らす外国人が（　　　　　　　）います。

255

やすい

這個階梯很好下。

にほんごのたんご

下りる

この階段は下りやすい。

目上一 下來；下車；退位

【動詞連用形】＋やすい。表示該行為、動作很容易做，該事情很容易發生，或容易發生某種變化，還有性質上很容易有那樣的傾向。如「恋しやすい」（很容易愛上別人）。「やすい」的活用跟「い形容詞」一樣。與「にくい」相對。「容易…」、「好…」的意思。

 其它例句

郊外
こうがい
图 郊外

郊外住起來舒服呢。
▶▶ 郊外は住みやすいですね。

季節
きせつ
图 季節

現在這季節很舒服。
▶▶ 今の季節は、とても過ごしやすい。

下着
したぎ
图 內衣，貼身衣服

棉質內衣好清洗。
▶▶ 木綿の下着は洗いやすい。

故障・する
こしょう
名・自サ 故障，毛病

我的電腦老是故障。
▶▶ 私のコンピュータは、故障しやすい。

☑ 形音義記憶練習　記住這些單字了嗎？

□ 下りる　□ 郊外　□ 季節　□ 下着　□ 故障・する

參考形、音、義在底線處寫出正確單字。

合格記憶三步驟：
① 發音練習
② 圖像記憶
③ 最完整字義解說

① _____

shi ta gi

像胸罩、內褲等直接貼
身穿的衣服。

② _____

o ri ru

從高處向低處移動。下來；
又指從交通工具上下來。下
車；還指辭去職位。退位。

動手寫，成效加倍！

③ _____

ko sho o su ru

指機器或身體的一部分，發
生不正常情況，不能正常地
活動。

④ _____

ki se tsu

根據氣候變化把一年分成春、
夏、秋、冬四個時期。

⑤ _____

ko o ga i

城市周圍的田地和樹林多的
地方。

正確解答　 ①下着　②下りる　③故障・する　④季節　⑤郊外

助詞、指示詞

詞類的活用

句型

257

文法 × 單字 056

にくい

にほんごのたんご

しゅうかん
習慣

名 習慣

一旦養成習慣，就很難改變。

一度ついた習慣は、変
えにくいですね。

【動詞連用形】＋にくい。表示該行為、動作不容易做，該事情不容
易發生，或不容易發生某種變化。還有性質上很不容易有那樣的傾
向。「にくい」的活用跟「い形容詞」一樣。與「やすい」相對。「不
容易…」、「難…」的意思。

其它例句

そだ
育てる
他下一 撫育，
培植；培養

▶▶

蘭花很難培植。

らん　　そだ
蘭は育てにくいです。

たお
倒れる
自下一 倒下；
垮台；死亡

▶▶

蓋了一棟不容易倒塌的建築物。

たお　　　　　たてもの　つく
倒れにくい建物を作りました。

ちから
力
名 力氣；能力

▶▶

在這公司難以發揮實力。

かいしゃ　　　ちから　だ
この会社では、力を出しにくい。

テキスト
（text）
名 教科書

▶▶

真是一本難以閱讀的教科書呢！

よ
読みにくいテキストですね。

258

☑ 形音義記憶練習

□ 習慣（しゅうかん）　□ 育てる（そだ）　□ 倒れる（たお）　□ 力（ちから）　□ テキスト

參考形、音、義在底線處寫出正確單字。

合格記憶三步驟：
① 發音練習
② 圖像記憶
③ 最完整字義解說

① _____

ta o re ru

立著的東西倒下。倒；
又指站不起來，完全跨
了。垮。垮台；還指死亡。

② _____

chi ka ra

動物體內具有的，起移動其
他物體作用的東西。力量；
又指能夠完成某事的身心作
用。能力。

動手寫，成效加倍！

③ _____

te ki su to

「テキストブック」的簡稱，
使用在教育上的學習用書。

④ _____

shu u ka n

在生活當中經常反覆進行的，
該人的固定作法。

⑤ _____

so da te ru

照料孩子或動物、植物等使
其成長。培育；又指進行教
育，使其成人。

正確解答　⑤育てる　④習慣　③テキスト　②力　①倒れる

〜は〜より

にほんごのたんご
ビル
（building
之略）

名 高樓，大廈

> 這棟大廈比那棟大廈高。

このビルは、あのビルより高いです。

【體言】＋は＋【體言】＋より。表示對兩件性質相同的事物進行比較後，選擇前者。「より」後接的是性質或狀態。如果兩件事物的差距很大，可以在「より」後面接「ずっと」來表示程度很大。「…比…」的意思。

 其它例句

ふね
船
名 船

> 飛機比船還快。
>
> 飛行機は、船より速いです。

は
葉
名 葉子，樹葉

> 這樹葉，比那樹葉還要黃。
>
> この木の葉は、あの木の葉より黄色いです。

ていねい
丁寧
名・形動 客氣；仔細

> 老師比他說明得更仔細。
>
> 先生の説明は、彼の説明より丁寧です。

ガラス
（glas 荷）
名 玻璃

> 玻璃比塑膠容易破。
>
> ガラスは、プラスチックより弱いです。

☑ 形音義記憶練習　記住這些單字了嗎?

☐ビル　☐船（ふね）　☐葉（は）　☐丁寧（ていねい）　☐ガラス

參考形、音、義在底線處寫出正確單字。

合格記憶三步驟:
① 發音練習
② 圖像記憶
③ 最完整字義解說

① _____
bi ru

「ビルディング」的縮略語。大樓。

② _____
te e ne e

舉止言談規矩而有禮貌的樣子。恭敬;又指用心而仔細的樣子。

動手寫,成效加倍!

③ _____
fu ne

載人或貨物在水上運輸的交通工具。

④ _____
ga ra su

以高溫融化石英砂、石灰石或蘇打粉等,冷卻後凝固的東西。透明而堅硬,但很脆。用於門窗等建築材料或餐具。

⑤ _____
ha

植物的重要器官之一。通常從枝、莖生出,綠色。也因季節而變黃、紅等顏色。

正確解答　⑤葉　④ガラス　③船　②丁寧（ていねい）　①ビル

〜より〜ほう

にほんごのたんご
遊び

玩樂比讀書有趣。

勉強より、遊びのほうが楽しいです。

名 遊玩，玩耍；
間隙

【體言；動詞連體形】＋より＋【體言の；動詞連體形】＋ほう。表示對兩件事物進行比較後，選擇後者。「ほう」是方面之意，在對兩件事物進行比較後，選擇了「こっちのほう」（這一方）的意思。被選上的用「が」表示。「…比…」、「比起…，更」的意思。

 其它例句

お宅
名 您府上，貴宅　▶▶

您家兒子比我家兒子認真。

うちの息子より、お宅の息子さんのほうがまじめです。

水泳
名・自サ 游泳　▶▶

喜歡游泳勝過打網球。

テニスより、水泳の方が好きです。

乗り物
名 交通工具　▶▶

走路比搭交通工具好。

乗り物に乗るより、歩くほうがいいです。

つける
他下一 打開（家電類）；點燃　▶▶

與其開冷氣，不如打開窗戶來得好吧！

クーラーをつけるより、窓を開けるほうがいいでしょう。

☑ 形音義記憶練習

記住這些單字了嗎？

□ 遊^{あそ}び　□ お宅^{たく}　□ 水泳^{すいえい}　□ 乗^のり物^{もの}　□ つける

參考形、音、義在<u>底線</u>處寫出正確單字。

合格記憶三步驟：
① 發音練習
② 圖像記憶
③ 最完整字義解說

① _____
no ri mo no

像汽車、電車等，為了
去別處而乘坐的東西。

② _____
tsu ke ru

打開電器的開關。點；又指
使火著起來。點燃。

動手寫，成效加倍！

③ _____
a so bi

為使精神愉快而做的輕鬆活
動；又指在機器的零件之間，
特意留下的餘空。間隙。

④ _____
o ta ku

對對方或別人的家或家庭的尊
稱。您府上。

⑤ _____
su i e e

指游泳；又指比賽游水速度
或跳水技術的體育活動。

正確解答　①乗り物　②つける　③遊び　④お宅　⑤水泳
のりもの　　　　　あそび　たく　すいえい

助詞、指示詞

詞類的活用

句型

～と～と、どちらのほう

にほんごのたんご

着物（き・もの）

名 衣服；和服

> 和服與洋裝，哪一個比較漂亮？

着物（き・もの）**とドレスと、どちらのほうが素敵**（す・てき）**ですか。**

【名詞】＋と＋【名詞】＋と、どちら＋【形容詞；形容動詞】。表示從兩個裡面選一個。也就是詢問兩個人或兩件事，哪一個適合後項。在疑問句中，比較兩個人或兩件事，用「どちら」。東西、人物及場所等都可以用「どちら」。「在…與…中，哪個？」的意思。

 其它例句

工業（こう・ぎょう）

名 工業

> 工業與商業，哪一種比較興盛？

▶▶ **工業**（こう・ぎょう）**と商業**（しょう・ぎょう）**と、どちらのほうが盛**（さか）**んですか。**

複雑（ふく・ざつ）

名・形動 複雜

> 日語與英語，你覺得哪個比較複雜？

▶▶ **日本語**（に・ほん・ご）**と英語**（えい・ご）**と、どちらのほうが複雑**（ふく・ざつ）**だと思**（おも）**いますか。**

おめでとうございます

寒暄 恭喜

> 恭喜您！獎品有照相機跟電視，您要哪一種？

▶▶ **おめでとうございます。賞品**（しょう・ひん）**は、カメラとテレビとどちらのほうがいいですか。**

以上（い・じょう）

名 …以上；以上

> 你喜歡參加百人以上的派對，還是兩人單獨出去玩？

▶▶ **百人以上**（ひゃく・にん・い・じょう）**のパーティーと二人**（ふ・たり）**で遊**（あそ）**びに行**（い）**くのと、どちらのほうが好**（す）**きですか。**

參考形、音、義在底線處寫出正確單字。

合格記憶三步驟：
① 發音練習
② 圖像記憶
③ 最完整字義解說

① _____
ko o gyo o

使用機器等加工原料，製造生活或生產上的所需產品的產業。

② _____
fu ku za tsu

指各種情況和關係重疊、交錯在一起。

動手寫，成效加倍！

③ _____
ki mo no

穿在身上遮蓋身體的東西。衣服；又指跟西服相對而言的和服。和服。

④ _____
i jo o

上面所說的一切；又指附在文章或講話的最後，表示「結束」的詞；數量或程度，包括其本身，在此以上。

⑤ _____
o me de to o go za i ma su

祝賀新年、成功、幸福等喜慶事的時候，祝賀的寒暄用語。

正確解答　①工業 こうぎょう　②複雜 ふくざつ　③着物 きもの　④以上 いじょう　⑤おめでとうございます

助詞、指示詞

詞類的活用

句型

265

～ほど～ない

にほんごのたんご
揺れる
(ゆ)

自下一 搖晃，搖
動；躊躇

> 大船不像小船那麼會搖晃。

大きい船は、小さい船ほど揺れない。
(おお)　　　(ふね)　　(ちい)　　(ふね)　(ゆ)

【體言・動詞連體形】＋ほど～ない。表示兩者比較之下，前者沒有達到後者那種程度。這個句型是以後者為基準，進行比較的。「不像…那麼…」、「沒那麼…」的意思。

 其它例句

文学
(ぶんがく)
名 文學

▶▶

> 我對美國文學，沒有像日本文學那麼喜歡。

アメリカ文学は、日本文学ほど好きではありません。
(ぶんがく)　　(にほんぶんがく)　(す)

匂い
(にお)
名 味道；風貌，氣息

▶▶

> 這朵花不像那朵花那麼香。

この花は、その花ほどいい匂いではない。
(はな)　　　(はな)　　　(にお)

似る
(に)
自上一 相像，類似

▶▶

> 我不像妹妹那麼像媽媽。

私は、妹ほど母に似ていない。
(わたし)　(いもうと)　(はは)　(に)

変
(へん)
名・形動 奇怪，怪異；意外

▶▶

> 那件衣服，其實並沒有你想像中的那麼怪。

その服は、あなたが思うほど変じゃないですよ。
(ふく)　　　　　(おも)　　(へん)

☑ 形音義記憶練習

□ 揺れる　□ 文学　□ 匂い　□ 似る　□ 変

參考形、音、義在底線處寫出正確單字。

合格記憶三步驟：
① 發音練習
② 圖像記憶
③ 最完整字義解說

① ＿＿＿＿＿＿＿
bu n ga ku

小說、詩歌、戲曲等用語言表現的藝術。也指研究這種藝術的學問。

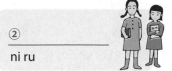

② ＿＿＿＿＿＿＿
ni ru

形狀或性質等變得相似。

動手寫，成效加倍！

③ ＿＿＿＿＿＿＿
yu re ru

指搖搖晃晃地動搖。搖晃。又指心情不穩定。躊躇。

④ ＿＿＿＿＿＿＿
he n

表示與一般不同的異常狀態。奇怪；又指意想不到的樣子。意外。

⑤ ＿＿＿＿＿＿＿
ni o i

鼻子的感覺受到的刺激。氣味；又指確確實實地表現出其特徵的感覺。風貌。

練習を
しましょう　複習⑪　文法題

I [a,b] の中から正しいものを選んで、○をつけなさい。

① 12月は忙しくて、休みが　（a. 取り　　b. 取る）　にくいです。

② 外は雨だけど、傘をさす　（a. ほど　　b. ぐらい）　降っていない。

③ やぶれ　（a. やすい　　b. にくい）　袋だから、重い物をいれないでください。

④ 彼女　（a. ような　　b. ほど）　美しい女優はいない。

⑤ この薬は、苦くて飲み　（a. にくい　　b. やすい）　です。

⑥ このグラスは　（a. われ　　b. わり）　やすいので、ご注意ください。

⑦ パンとサラダと、（a. ほう　　b. どちら）　から先に食べますか。

⑧ このかばんは丈夫で壊れ　（a. つらい　　b. にくい）　です。

II 下の文を正しい文に並べ替えなさい。＿＿＿＿ に数字を書きなさい。

① ＿＿＿＿ ＿＿＿＿ ＿＿＿＿ ＿＿＿＿ はない。

　　1. もの　　2. ほど　　3. 小説　　4. 面白い

② ここは静かで、物価も安い ＿＿＿＿ ＿＿＿＿ ＿＿＿＿ ＿＿＿＿
　です。

　　1. やすい　　2. 住み　　3. し　　4. たいへん

③ 生まれてくる子は男と女 ＿＿＿＿ ＿＿＿＿ ＿＿＿＿ ＿＿＿＿
　がいいですか。

　　1. どちら　　2. と　　3. の　　4. ほう

268

練習を しましょう  **單字題**

Ⅰ [a～e]の中から適当な言葉を選んで、（　　　）に入れなさい。
（必要なら形を変えなさい）

| a. おかしい b. 適当 c. ひどい d. 丁寧 e. 親切 |

① 朝から（　　　　　　　）雨が降っていたので、1日中家にいました。

② （　　　　　　　）運動は体にいいです。

③ 仕事は早くするより（　　　　　　　）にしましょう。

④ （　　　　　　　）なと思ったら110番、または近くの警察署まで連絡しましょう。

| a. 止める b. 倒れる c. 怪我する d. 折る e. 塗る |

① お医者さんから、お酒を（　　　　　　　）ように言われました。

② 交通事故で（　　　　　　　）人が、病院に運ばれました。

③ 娘に背中の痛いところに薬を（　　　　　　　）もらいました。

④ 台風で（　　　　　　）自転車を起こしました。

Ⅱ [a～e]の中から適当な言葉を選んで、（　　）に入れなさい。

| a. ナイロン b. 砂 c. 空気 d. 火 e. ガラス |

① 部屋に入る前に、タバコの（　　　　　　　）は必ず消してください。

② 部屋に新しい（　　　　　　　）を入れましょう。

③ この（　　　　　　　）は外側から中は見えません。

④ 公園で子どもが楽しく（　　　　　　　）の城を作っています。

よう

にほんごのたんご

腕
うで
名 胳臂；本領

她的手腕像樹枝般細。

彼女の腕は、枝の**よう**に細い。
かのじょ　うで　　えだ　　　　　　ほそ

【體言の ・ 用言連體形】＋よう（だ）。表示比喻。把事物的狀態、形狀、性質及動作狀態，比喻成一個不同的其他事物。「よう（だ）」的活用跟形容動詞一樣。「像…一樣的」、「如…似的」的意思。

其它例句

雲
くも
名 雲

冒出了很多白煙，像雲一般。

白い煙がたくさん出て、雲の**ようだ**。
しろ　けむり　　　　　で　　くも

砂
すな
名 沙

沙沙的雪，像沙子一般。

雪がさらさらして、砂の**ようだ**。
ゆき　　　　　　　すな

通う
かよ
自五 來往，往來

能夠上學，簡直像作夢一樣。

学校に通うことができて、まるで夢を見ているようだ。
がっこう　かよ　　　　　　　　　　ゆめ　　み

火事
かじ
名 火災

天空一片紅，宛如火災一般。

空が真っ赤になって、まるで火事が起こったようだ。
そら　ま　か　　　　　　　　　かじ　お

☑ 形音義記憶練習

記住這些單字了嗎？

□腕(うで) □雲(くも) □砂(すな) □通(かよ)う □火事(かじ)

參考形、音、義在<u>底線</u>處寫出正確單字。

合格記憶三步驟：
① 發音練習
② 圖像記憶
③ 最完整字義解說

助詞、指示詞

① _____

u de

從肩膀到手腕的部分。
胳膊；又指掌握的技能。
本領。

② _____

ka yo o

定期地往來於同一場所。

動手寫，成效加倍！

詞類的活用

③ _____

ku mo

空氣中的水蒸氣遇冷形成微
小的水滴，或冰晶凝聚在一
起的，其位置和形狀容易變
化。

④ _____

ka ji

指建築物、山林、船等起火。
規模上比「火災」還小。

句型

⑤ _____

su na

在海岸和河岸等處，很多的
岩石微小顆粒的淤積。特徵
是鬆散，加水也不會黏結成
塊。

正確解答 ⑤砂(すな) ④火事(かじ) ③雲(くも) ②通(かよ)う ①腕(うで)

なくてもいい

不必道歉到那種地步。

にほんごのたんご

謝る
あやま

自五 道歉，謝罪

▶ **そんなに謝<u>らなくても</u>
<u>いい</u>ですよ。**
あやま

【動詞未然形】＋なくてもいい。表示允許不必做某一行為，也就是沒有必要，或沒有義務做前面的動作。「不…也行」、「用不著…也可以」的意思。

　其它例句

ごちそう
名 請客；豐盛佳餚

沒有豐盛的佳餚也無所謂。

▶▶ **ごちそうが<u>なくてもいい</u>です。**

暖房
だんぼう
名 暖氣

很溫暖的，所以不開冷氣也無所謂。

▶▶ **暖かいから、暖房をつけ<u>なくてもいい</u>**
あたた　　　　　だんぼう
です。

だいぶ
副 相當地，非常

已經好很多了，所以不吃藥也沒關係的。

▶▶ **だいぶ元気になりましたから、もう薬**
げんき　　　　　　　　　　　　くすり
を飲<u>まなくてもいい</u>です。
の

なるほど
感·副 原來如此，果然

原來如此，這道菜不加鹽也行呢！

▶▶ **なるほど、この料理は塩を入れ<u>なくて</u>**
りょうり　　しお　い
<u>もいい</u>んですね。

☑ 形音義記憶練習

記住這些單字了嗎？

☐ 謝る（あやま）　☐ ごちそう　☐ 暖房（だんぼう）　☐ だいぶ　☐ なるほど

參考形、音、義在底線處寫出正確單字。

合格記憶三步驟：
① 發音練習
② 圖像記憶
③ 最完整字義解說

① ＿＿＿＿＿＿＿＿
da i bu

表示程度超過了平均線。
是一種客觀的敘述，含有
說話者對超過了平均線的
程度的評價及同感。

② ＿＿＿＿＿＿＿＿
na ru ho do

表示確認或理解事物
時的心情。

動手寫，成效加倍！

③ ＿＿＿＿＿＿＿＿
go chi so o

指拿出各種好吃的東西，招
待客人。款待；又指比平時
費錢、費時做的豐盛飯菜。

④ ＿＿＿＿＿＿＿＿
a ya ma ru

承認自己錯了，陪禮道歉，希
望對方能原諒自己。

⑤ ＿＿＿＿＿＿＿＿
da n bo o

指用火或暖風把屋子弄暖和。
也指這種設備。

正確解答　① だいぶ　② なるほど　③ ごちそう　④ あやまる　⑤ だんぼう

助詞、指示詞

詞類的活用

句型

273

なくてもかまわない

にほんごのたんご

でんとう
電灯

图 電燈

> 天還很亮，不開電燈也沒關係。
>
> 明るいから、電灯をつ
> けなくてもかまわない。

【動詞未然形】＋なくてもかまわない。表示沒有必要做前面的動作
也沒關係。語氣比「なくてもいい」消極。「不會…也行」、「用不著…
也沒關係」的意思。

 其它例句

とく
特に
副 特地，特別
> 不用特地來幫忙也沒關係。
>
> とく　　てつだ
> 特に、手伝ってくれなくてもかまわない。

それほど
副 那麼地
> 電影不怎麼有趣也沒關係。
>
> えい が　　　　　　　　　おもしろ
> 映画が、それほど面白くなくてもかま
> いません。

さいしょ
最初
图 最初，開
頭，第一個
> 剛開始沒有道具也沒關係喔！
>
> さいしょ　　どうぐ
> 最初は、道具がなくてもかまいませんよ。

よう
用
图 事情，工作
> 如果沒事，不來也沒關係。
>
> よう　　　　　　　こ
> 用がなければ、来なくてもかまわない。

☑ 形音義記憶練習

記住這些單字了嗎？

☐ 電灯 ☐ 特に ☐ それほど ☐ 最初 ☐ 用
でんとう　とく　　　　　　　　さいしょ　よう

參考形、音、義在底線處寫出正確單字。

合格記憶三步驟：
① 發音練習
② 圖像記憶
③ 最完整字義解說

①
_____
sa i sho

事物的開端。一連串的
事情的開頭。

②
_____
yo o

指應辦的事情。事情。工作。

動手寫，成效加倍！

③
_____
de n to o

利用電器的發光裝置。

面白くない

④
_____
so re ho do

用於肯定句中，表示程度之
甚；用於否定句中，是一種
委婉地表示全面否定的說法。

⑤
_____
to ku ni

在許多事物或情況當中，僅
對某事物或情況特殊看待，
或加以強調的樣子。特別。

正確解答

⑤ 特に
とくに

④ それほど

③ 電灯
でんとう

② 用
よう

① 最初
さいしょ

かた

使用時必須注意安全。

あんぜん
安全

名・形動 安全

安全な使いかたをしなければなりません。

【動詞連用形】＋かた。前面接動詞連用形，表示方法、手段、程度跟情況。「…法」、「…樣子」的意思。

其它例句

終わり
お
名 結束，最後

▶▶

小說的結尾很難寫。

小説は、終わりの書きかたが難しい。

村
むら
名 村莊，村落

▶▶

請告訴我怎麼去這個村子。

この村への行きかたを教えてください。

下宿・する
げ しゅく
名・自サ 寄宿，住宿

▶▶

不知道如何尋找住的公寓。

下宿の探し方がわかりません。

しっかり・する
副・自サ 紮實，落實；可靠

▶▶

我要紮紮實實去學做生意回來。

ビジネスのやりかたを、しっかり勉強してきます。

☑ 形音義記憶練習　記住這些單字了嗎？

□ 安全（あんぜん）　□ 終わり（お）　□ 村（むら）　□ 下宿・する（げしゅく）　□ しっかり・する

參考形、音、義在底線處寫出正確單字。

合格記憶三步驟：
① 發音練習
② 圖像記憶
③ 最完整字義解說

① ＿＿＿＿＿＿＿＿＿
a n ze n

指不用擔心身體或事物
受到傷害、損傷。不危
險。安全。

② ＿＿＿＿＿＿＿＿＿
ge syu ku su ru

指付房租、伙食費，租別人
房間生活。也指其房屋。

動手寫，成效加倍！

③ ＿＿＿＿＿＿＿＿＿
o wa ri

持續的事物，到了那裡
之後就沒有了。

④ ＿＿＿＿＿＿＿＿＿
mu ra

在鄉下，人家聚集的地方。村
子。

⑤ ＿＿＿＿＿＿＿＿＿
shi kka ri su ru

不鬆動，不搖晃，結實的樣
子。牢固；又指人品、思想
可靠，值得信賴的樣子。可
靠。

助詞、指示詞

詞類的活用

句型

　正確解答　⑤ しっかり・する　④ 村（むら）　③ 終わり（お）　② 下宿・する（げしゅく）　① 安全（あんぜん）

277

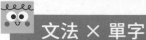

命令形

にほんごのたんご
返事・する

名·自サ 回答，回覆

> 早點回覆我。
>
> _{はや}早く、_{へんじ}返事<u>しろ</u>よ。

命令形，表示命令。一般用在命令對方的時候，由於給人有粗魯的感覺，所以大都是直接面對當事人說。一般用在對孩子、兄弟姊妹或親友時。也用在遇到緊急狀況或吵架的時候。還有交通號誌等。中文是：「給我…」、「不要…」。

 其它例句

_{は　い しゃ}
歯医者
名 牙醫

> 如果牙痛，就去看牙醫啊！
>
> _は歯が_{いた}痛いなら、_{は い しゃ}歯医者に<u>行け</u>よ。

テニスコート
(tennis court)
名 網球場

> 大家一起跑到網球場吧！
>
> みんな、テニスコートまで<u>走れ</u>。

_{せき}
席
名 座位；寶座

> 回位子坐好！
>
> _{せき}席に<u>つけ</u>。

_{せんもん}
専門
名 攻讀科系

> 下星期前，要決定攻讀的科系唷。
>
> _{らいしゅう}来週までに、_{せんもん}専門を<u>決めろ</u>よ。

☑ 形音義記憶練習

記住這些單字了嗎？

□ 返事・する　□ 歯医者　□ テニスコート　□ 席　□ 専門

參考形、音、義在底線處寫出正確單字。

合格記憶三步驟：
① 發音練習
② 圖像記憶
③ 最完整字義解說

① _____
se ki

為了讓人坐而設置的位子或椅子。特別是特定的人坐的位子或椅子。座位。

② _____
se n mo n

指特別深入地從事一件事。也指這樣的學術和技術領域。

動手寫，成效加倍！

③ _____
ha i sha

為人治療牙齒相關疾病的醫生。

④ _____
he n ji su ru

指回答別人的招呼、詢問等。也指其回答的話。

⑤ _____
te ni su ko o to

「テニス」是在球場中間拉網，用拍子互相打球的比賽。而「テニスコート」就是打網球的場地。

助詞、指示詞

詞類的活用

句型

正確解答　⑤テニスコート　④返事・する　③歯医者　②専門　①席

279

なさい

叫學生到教室集合。

にほんごのたんご

集める
あつ

他下一 集合；收集

生徒たちを、教室に集
せい と　　　　　　きょうしつ　　あつ
めなさい。

【動詞連用形】＋なさい。表示命令或指示。一般用在上級對下級，父母對小孩，老師對學生的情況。稍微含有禮貌性，語氣也較緩和。由於這是用在擁有權力或支配能力的人，對下面的人說話的情況，使用的場合是有限的。「要…」、「請…」的意思。

其它例句

表
おもて

名 表面；正面 ▶▶

在紙的正面，寫下姓名與地址。

紙の表に、名前と住所を書きなさい。
かみ　おもて　　な まえ　じゅうしょ　　か

規則
き そく

名 規則，規定 ▶▶

你要遵守規定。

規則を守りなさい。
き そく　　まも

準備・する
じゅん び

名・他サ 準備，預備 ▶▶

明天的事趕快準備！

早く明日の準備をしなさい。
はや　あした　　じゅん び

安心・する
あんしん

名・自サ 安心 ▶▶

沒事的，放心好了。

だいじょうぶだから、安心しなさい。
あんしん

☑ 形音義記憶練習

記住這些單字了嗎？

☐ 集^{あつ}める ☐ 表^{おもて} ☐ 規則^{きそく} ☐ 準備^{じゅんび}・する ☐ 安心^{あんしん}・する

參考形、音、義在底線處寫出正確單字。

合格記憶三步驟：
① 發音練習
② 圖像記憶
③ 最完整字義解說

① ＿＿＿＿＿＿＿

a tsu me ru

把許多人或物等，聚集
到一個地方。

② ＿＿＿＿＿＿＿

ju n bi su ru

指為準備一旦有事，先在相
同情況下暫作試驗，或預備
必要的事物。

動手寫，成效加倍！

③ ＿＿＿＿＿＿＿

o mo te

物體的表面、外面；又指顯
示在事物表面的樣子。從外
面看到的樣子；還指屋子的
正面。

④ ＿＿＿＿＿＿＿

a n shi n su ru

沒有擔心的事情，心情安穩的
樣子。

⑤ ＿＿＿＿＿＿＿

ki so ku

為使行動或手續，依據它得
以實行而制訂的章程。

正確解答 ①集める あつめる ②準備・する じゅんび ③表 おもて ④安心・する あんしん ⑤規則 きそく

281

右側直排文字：助詞、指示詞　詞類的活用　句型

Ⅰ [a,b] の中(なか)から正(ただ)しいものを選(えら)んで、○をつけなさい。

① ガソリンを入(い)れなく　(a. てもいい　　b. といい)　んですか。

② このパソコンを　(a. 使(つか)って　　b. 使(つか)う)　もいいですか。

③ きらいなら　(a. 食(た)べ　　b. 食(た)べる)　なくてもかまいませんよ。

④ 二十歳(はたち)になったら、お酒(さけ)を　(a. 飲(の)んではいけないです
b. 飲(の)んでもいいです)。

⑤ 先(さき)に食(た)べ　(a. ても　　b. でも)　いいですよ。

⑥ 警官(けいかん)が来(き)たぞ。(a. 逃(に)げろ　　b. 逃(に)げる)。

⑦ 「この車(くるま)、今日(きょう)中(じゅう)に返(かえ)さなければなりませんか。」「いいえ、今日(きょう)中(じゅう)に　(a. 返(かえ)してもいい　　b. 返(かえ)さなくてもいい)　ですよ。」

⑧ 返事(へんじ)は　(a. 明日(あした)なく　　b. 明日(あした))　でもかまいません。

Ⅱ 下(した)の文(ぶん)を正(ただ)しい文(ぶん)に並(なら)べ替(か)えなさい。＿＿＿＿ に数字(すうじ)を書(か)きなさい。

① お忙(いそが)しかったら、＿＿＿＿　＿＿＿＿　＿＿＿＿　＿＿＿＿　ですよ。

　　1. いらっしゃら　　2. いい　　3. なく　　4. ても

② 出席(しゅっせき)するなら返事(へんじ)は　＿＿＿＿　＿＿＿＿　＿＿＿＿　＿＿＿＿。

　　1. ない　　2. 問題(もんだい)　　3. ても　　4. しなく

③ 給料(きゅうりょう)が高(たか)いなら、＿＿＿＿　＿＿＿＿　＿＿＿＿　＿＿＿＿　ません。

　　1. かまい　　2. 仕事(しごと)　　3. ても　　4. が忙(いそが)しく

練習を
しましょう  單字題 I

I [a〜e]の中から適当な言葉を選んで、(　　)に入れなさい。

| a.年 | b.時代 | c.とき | d.昼間 | e.終わり |

① 「年末ジャンボ宝くじ」を見かけるようになると、今年もそろ
　そろ（　　　　　）です。

② 彼は（　　　　　　　）働きながら、夜大学で勉強しています。

③ 口にものが入っている（　　　　　　　）はしゃべらないでください。

④ 姉は私と三つ（　　　　　　）が違います。

| a.テニス | b.水泳 | c.失敗 | d.テニスコート | e.試合 |

① 一番（　　　　　）を楽しんだ人が、（　　　　　）に勝てます。

② 学生時代は（　　　　　　）をやっていたので、泳ぎは得意です。

③ 夜でも（　　　　　　）は昼のように明るかったです。

④ 私は多くの間違いと（　　　　　　）を経験しながら学んでき
　ました。

| a.下宿 | b.生活 | c.近所 | d.生ごみ | e.2階建て |

① 10年前に3000万円で買った（　　　　　）の家が4000万円
　の価値になりました。

② もう少し英語がわかれば、外国の（　　　　　　）も楽しいでしょう。

③ 雨が降っていない朝は、いつも（　　　　　　）の公園でラジ
　オ体操をしています。

④ 今日は（　　　　　　）の日です。朝、早く出しに行きます。

I [a,b] の中から正しいものを選んで、○をつけなさい。

① ずっと立っていないで、早く　（a. すわるな　b. すわりな
さい）。

② 話したくなければ話さなくても　（a. かまいません
b. いけません）。

③ きたないな。早く　（a. そうじしれ　b. そうじしろ）。

④ ここに座って　（a. もかまいません　b. だめです）　か。

⑤ ホテルの場所は駅から遠くても、（a. 安いけれど
b. 安ければ）　かまわない。

⑥ 遅いぞ。もっと速く　（a. 走れ　b. 走れば）！

⑦ 漢字の正しい読み方を　（a. 書きなさい　b. 書けろ）。

II 下の文を正しい文に並べ替えなさい。＿＿＿ に数字を書きなさい。

① ここ ＿＿＿ ＿＿＿ ＿＿＿ ＿＿＿ な。
1. 吸う　2. で　3. を　4. たばこ

② ここに ＿＿＿ ＿＿＿ ＿＿＿ ＿＿＿ ですよ。
1. おいて　2. も　3. 荷物を　4. いい

③ もし ＿＿＿ ＿＿＿、＿＿＿ ＿＿＿。
1. おかし　2. なさい　3. 笑い　4. ければ

練習を
しましょう 複習⑫ 単字題 II

I [a～e]の中から適当な言葉を選んで、（　　）に入れなさい。

| a.会議　　　b.用　　　c.予定　　　d.都合　　　e.技術 |

① （　　　　　　　　）は朝に行うのが一番いいです。

② 「日曜日のご（　　　　　　　　）は良いですか。」「そうですね。
　土曜日のほうがいいですが。」

③ 今日の日本があるのは科学（　　　　　　　　）の進歩のおかげです。

④ 明日から３日間、日本へ出張する（　　　　　　　　）です。

| a.痴漢　　　b.安全　　　c.火事　　　d.危険　　　e.すり |

① 夕べ家の近くで（　　　　　　　　）がありました。

② （　　　　　　　　）を避けるため、女性専用車両に乗ることにしました。

③ 一度（　　　　　　　　）に遭って、財布を盗まれました。

④ 警察は市民の（　　　　　　　　）を守っています。

II [a～e]の中から適当な言葉を選んで、（　　）に入れなさい。
（必要なら形を変えなさい）

| a.謝る　　　b.慣れる　　　c.下げる　　　d.できる　　　e.進む |

① 日本に３年いますから、もう日本料理には（　　　　　　　　）います。

② 真面目に働かないから、給料が（　　　　　　　　）られました。

③ ここはあまり考えすぎずに、先に（　　　　　　　　）ましょう。

④ 一生懸命練習したから、試合には絶対に勝つことが

　（　　　　　　　　）。

ため（に）

為了照顧小孩，辭去了工作。

子どもの世話をするために、仕事をやめた。

にほんごのたんご
世話・する

名・他サ 照顧，照料

【動詞連體形 ・ 體言の】＋ため（に）。表示為了某一目的，而有後面積極努力的動作、行為。前項是後項的目標。「以…為目的，做…」的意思；又「ため（に）」如果接人物或團體，就表示為其做有益的事。「為了…」的意思。

 其它例句

湯
名 開水，熱水

為了燒開水，點了火。

湯をわかすために、火をつけた。

食事・する
名・自サ 用餐，吃飯

為了吃飯，去了餐廳。

食事をするために、レストランへ行った。

世界
名 世界；天地

為了認識世界，常去旅行。

世界を知るために、たくさん旅行をした。

島
名 島嶼

要去小島，就得搭船。

島に行くためには、船に乗らなければなりません。

☑ 形音義記憶練習

記住這些單字了嗎？

□ 世話・する　□ 湯　□ 食事・する　□ 世界　□ 島
　せ わ　　　　　　ゆ　　　しょく じ　　　　　　せ かい　　　しま

參考形、音、義在底線處寫出正確單字。

合格記憶三步驟：
① 發音練習
② 圖像記憶
③ 最完整字義解說

①
_____

sho ku ji su ru

指為了生存攝取必要的
食物。也專就人類而言，
包括每日的早、午、晚
3餐。

②
_____

se wa su ru

指照料別人。為別人做日常
生活的雜事。

動手寫，成效加倍！

③
_____

se ka i

包括地球上所有國家的廣
大範圍。世界；無一定界
限地擴展，並且包圍著自
己的範圍。天地。

④
_____

yu

燒開的熱水。變熱的水。

⑤
_____

shi ma

周圍被水環繞的小塊陸地。

正確解答　⑤ 島　④ 湯　③ 世界　② 世話・する　① 食事・する
　　　　　　しま　　ゆ　　せかい　　せわ・する　　しょくじ・する

助詞、指示詞

詞類的活用

句型

287

そう

那裡好像有加油站。

にほんごのたんご
ガソリンスタンド
（gasoline stand 和製英文）
名 加油站

あっちにガソリンスタンドがありそうです。

【動詞連用形・形容詞、形容動詞詞幹】＋そう。表示判斷。這一判斷是說話人根據親身的見聞，而下的一種判斷。「好像…」、「似乎…」的意思。

其它例句

さいふ
財布
名 錢包

▶▶

她的錢包好像很重的樣子。

かのじょ　さいふ　おも
彼女の財布は重そうです。

ひじょう
非常に
副 非常，很

▶▶

王先生看起來很有精神。

おう　　　ひじょう　げんき
王さんは、非常に元気そうです。

もう
申す
他五 說，叫；請求

▶▶

我說：「好像要下雨了。」

あめ　ふ　　　　　　　　もう
「雨が降りそうです。」と申しました。

よわ
弱い
形 虛弱；不高明

▶▶

那個小孩看起來身體很虛弱。

こ　　　　　　からだ　よわ
その子どもは、体が弱そうです。

☑ 形音義記憶練習

記住這些單字了嗎？

□ ガソリンスタンド □ 財布<small>さい ふ</small> □ 非常に<small>ひ じょう</small> □ 申す<small>もう</small> □ 弱い<small>よわ</small>

參考形、音、義在底線處寫出正確單字。

合格記憶三步驟：
① 發音練習
② 圖像記憶
③ 最完整字義解說

① ＿＿＿＿＿＿＿

hi jo o ni

表示不平常、非一般狀態。
貶義詞；又強調程度之高。
這時一般指講話者認為程
度出乎尋常。

② ＿＿＿＿＿＿＿

mo o su

「言う」（說）、「話す」（說）
的謙詞。對長輩或上司使用
的詞。

動手寫，成效加倍！

③ ＿＿＿＿＿＿＿

sa i fu

用布或皮革製成的裝錢
的東西。

④ ＿＿＿＿＿＿＿

ga so ri n su ta n do

加油的地方。

⑤ ＿＿＿＿＿＿＿

yo wa i

表示程度相對低的樣子；又
表示構造軟弱的樣子；又能
力、技術不高明的樣子。

助詞、指示詞

詞類的活用

句型

正確解答　①非常に<small>ひじょう</small>　②申す<small>もうす</small>　③財布<small>さいふ</small>　④ガソリンスタンド　⑤弱い<small>よわい</small>

289

ので

にほんごのたんご
かける

自下一 奔跑，快跑

從家裡跑到車站，所以累壞了。

うちから駅えきまでかけた
ので、疲つかれてしまった。

【名詞な；形容動詞語幹な；用言連體形】＋ので。客觀地敘述前後
兩項事的因果關係，前句是原因，後句是因此而發生的事。強調的
重點在後面。中文是：「因為…」。

其它例句

すく
自五 空間，空蕩 ▶▶

那家餐廳不好吃，所以人都很少。

あのレストランはおいしくないので、
いつもすいている。

居おる
自五 在，存在 ▶▶

明天我在家，請過來坐坐。

明日あしたはうちに居おりますので、どうぞ来きてください。

無なくす
他五 弄丟，搞丟 ▶▶

錢包弄丟了，所以無法買書。

財布さいふをなくしたので、本ほんが買かえません。

過すぎる
自上一 超過；
過於；經過

已經５點多了，我要回家了。

５時じを過すぎたので、もううちに帰かえります。

☐ かける　☐ すく　☐ 居る　☐ 無くす　☐ 過ぎる

參考形、音、義在底線處寫出正確單字。

合格記憶三步驟：
① 發音練習
② 圖像記憶
③ 最完整字義解說

① _____

ka ke ru

人或馬快跑。只用在人或動物上。口語色彩濃厚。

② _____

su ku

表示裡面的東西變少或沒有，出現了空著的部分。

③ _____

su gi ru

表示數量超過了某個界線。過；又指程度超過一般水平。過於；還指時間經過。過。

④ _____

na ku su

自己原本持有的東西，不知道放到哪裡去了。這些東西包括如錢包、書本、手錶或資料、證書等。

⑤ _____

o ru

「いる」（有、在）的鄭重說法。指有生命物的存在。

 正確解答　⑤おる　④なくす　③すぎる　②すく　①かける

 動手寫，成效加倍！

291

ため（に）

にほんごのたんご

途中
と ちゅう

图 半路上，中
途；半途

因路上發生事故，所以遲到了。

途中で事故があったた
と ちゅう じ こ
めに、遅くなりました。
おそ

【用言連體形・體言の】＋ため（に）。表示原因。由於前項的原因，
引起後項的結果，且往往是消極的、不可左右的。「因為…所以」的
意思。

 其它例句

残る
のこ

自五 剩餘，剩
下；留下

▶▶

因為大家都不怎麼吃，所以食物剩了下來。

みんなあまり食べなかったために、食
た
べ物が残った。
もの のこ

海岸
かい がん

图 海岸

▶▶

因為風大，海岸很危險。

風のために、海岸は危険になっています。
かぜ かい がん き けん

濡れる
ぬ

自下一 淋濕，
沾濕

▶▶

被雨淋濕了。

雨のために、濡れてしまいました。
あめ ぬ

指
ゆび

图 手指

▶▶

因為手指疼痛，而無法彈琴。

指が痛いために、ピアノが弾けない。
ゆび いた ひ

☑ 形音義記憶練習　記住這些單字了嗎？

☐ 途中（と ちゅう）　☐ 残る（のこ）　☐ 海岸（かいがん）　☐ 濡れる（ぬ）　☐ 指（ゆび）

參考形、音、義在底線處寫出正確單字。

助詞、指示詞

合格記憶三步驟：
① 發音練習
② 圖像記憶
③ 最完整字義解說

① _____

ka i ga n

陸地與海洋的連接處。

② _____

nu re ru

淋上水，變濕了。

詞類的活用

動手寫，成效加倍！

③ _____

yu bi

手腳前端分開的較細的部分。

④ _____

to chu u

從某處到某處去的路途中間。
中途；指事物在進行過程中。
半途。

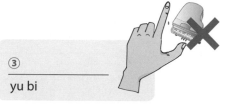

⑤ _____

no ko ru

表示留下整體中的一部分，
繼續保持原來的狀態。

句型

〜は〜が

東京交通便利。

こうつう
交通 ▸

とうきょう　　　こうつう　　べん　り
東京は、交通が便利です。

圖 交通

【體言】＋は＋【體言】＋が。「が」前面接名詞，可以表示該名詞是，後續謂語所表示的狀態的對象。

　其它例句

つき
月
圖月亮；一
個月

今天的月亮很漂亮。

きょう　　　　つき
今日は、月がきれいです。

てら
寺
圖寺廟

京都有很多的寺廟。

きょう と　　　てら
京都は、寺がたくさんあります。

くう き
空気
圖空氣；氣氛

那個小鎮空氣好嗎？

まち　　　くう き
その町は、空気がきれいですか。

じ
字
圖字

田中小姐的字寫得很漂亮。

た なか　　　じ　じょう ず
田中さんは、字が上手です。

☑ 形音義記憶練習

記住這些單字了嗎？

□交通 □月 □寺 □空気 □字

參考形、音、義在<u>底線</u>處寫出正確單字。

合格記憶三步驟：
① 發音練習
② 圖像記憶
③ 最完整字義解說

①
_____

ko o tsu u

指人或交通工具的往來。

②
_____

ku u ki

包圍地球的無色、無味、無臭的透明氣體。空氣；又指當場的氣氛。氣氛。

動手寫，成效加倍！

③
_____

tsu ki

地球的衛星。約一個月圍繞地球轉一周。月亮；又指日曆的一個月。

④
_____

te ra

居住著僧人，供奉著佛像，修行佛道，舉行佛事的地方。

⑤
_____

ji

用來記錄語言的記號。

正確解答　⑤じ　④てら　③つき　②くうき　①こうつう

助詞、指示詞

詞類的活用

句型

295

がする

にほんごのたんご
畳
たたみ

名 榻榻米

這屋子散發著榻榻米的味道。

このうちは、畳の匂い
がします。
たたみ　にお

【體言】＋がする。前面接「かおり、におい、味、音、感じ、気、吐き気」表示氣味、味道、聲音、感覺等名詞，表示說話人通過感官感受到的感覺或知覺。「感到…」、「覺得…」、「有…味道」的意思。
あじ　おと　かん　き　は　け

 其它例句

致す
いた
自他五·補動 做，辦

這個糕點有奇怪的味道。

このお菓子は、変わった味が致しますね。
かし　か　あじ　いた

以下
いか
名 以下；以下

那位女性，感覺不到 30 歲。

あの女性は、30 歳以下の感じがする。
じょせい　さいいか　かん

機械
きかい
名 機械

好像有機械轉動聲耶。

機械のような音がしますね。
きかい　おと

お大事に
だいじ
寒暄 珍重，保重

頭痛嗎？請多保重！

頭痛がするのですか。どうぞお大事に。
ずつう　だいじ

☑ 形音義記憶練習

記住這些單字了嗎?

□ 畳 (たたみ) □ 致す (いたす) □ 以下 (いか) □ 機械 (きかい) □ お大事に (だいじ)

參考形、音、義在底線處寫出正確單字。

合格記憶三步驟:
① 發音練習
② 圖像記憶
③ 最完整字義解說

① _____

o da i ji ni

對生病或受傷的人,希望他能盡快康復而說的寒暄話。

30歲 ↓

② _____

i ka

指數量、程度或階段等,包括它本身,在它之下。

動手寫,成效加倍!

③ _____

i ta su

「する」(做)的謙讓語。或者是鄭重的說法。

安全第一

④ _____

ta ta mi

日本式房間鋪的東西。稻草做的,表面用席面包著。

⑤ _____

ki ka i

用動力反覆同一動作,從而做某種有目的工作的,結構複雜的裝置。

助詞、指示詞

詞類的活用

句型

正確解答 ⑤ 機械 (きかい) ④ 畳 (たたみ) ③ 致す (いたす) ② 以下 (いか) ① お大事に (おだいじに)

297

I ［a,b］の中から正しいものを選んで、○をつけなさい。

① ハワイにいくの　（a. を　　b. に）　、いくらかかりますか。

② 地震　（a. のために　　b. だから）　、多くの家が倒された。

③ この本は日本語の勉強をする　（a. のに　　b. に）　便利です。

④ 頭痛が　（a. する　　b. いる）　のですか。どうぞお大事に。

⑤ 食事をする　（a. ように　　b. ために）　、レストランへ
行った。

⑥ 彼はまるで子どもの　（a. ようで　　b. ように）　遊んでいる。

⑦ 彼は指輪をしていないし、結婚してない　（a. はずがない
b. かもしれない）。

⑧ （a. ねむ　　b. ねむい）　そうね。昨日何時にねたの？

II 下の文を正しい文に並べ替えなさい。＿＿＿に数字を書きなさい。

① ＿＿＿　＿＿＿　＿＿＿　＿＿＿、資料が作れない。

　1. しまった　　2. パソコンが　　3. こわれて　　4. ため

② ガスコンロの火が　＿＿＿　＿＿＿　＿＿＿　＿＿＿　いま
す。

　1. に　　2. 消え　　3. そう　　4. なって

③ この店は　＿＿＿　＿＿＿　＿＿＿　＿＿＿　かかりました。

　1. 取る　　2. のに　　3. 5年　　4. 予約を

練習を
しましょう 複習⑬ **單字題Ⅰ**

Ⅰ [a～e]の中から適当な言葉を選んで、（　）に入れなさい。

| a.海岸 | b.島 | c.市 | d.世界 | e.アメリカ |

① インターネット上で（　　　　　）中のいろいろな人とコ

ミュニケーションをとることができます。

② 佐々木さんは大阪（　　　　　）の公務員です。

③ ここは（　　　　）線に沿った松林を利用した公園です。

④ （　　　　　）から帰って来た友達がチョコレートのお土産

をくれました。

| a.それはいけませんね | b.よくいらっしゃいました |
| c.かしこまりました | d.お陰様で | e.お大事に |

① はい、（　　　　　）。確かに明日までにお届けします。

② 「ご家族の皆様はお元気ですか。」「はい、（　　　　　）みん

な元気です。」

③ 風邪が早く治るといいですね。（　　　　　）。

④ 友の会へ（　　　　）。

| a.用意 | b.食料品 | c.食事 | d.葡萄 | e.味噌 |

① 12時になったら一緒に（　　　　　）に行きましょう。

② 失礼いたします。山田様、資料のご（　　　　　）ができました。

③ 日本の朝ご飯といえば、ご飯と（　　　　　）汁です。

④ （　　　　　）と砂糖でワインを作ってみました。

練習をしましょう　復習⑬　文法題II

I [a,b] の中から正しいものを選んで、○をつけなさい。

① 彼によると、このお菓子はオレンジの味　(a. は　　b. が)
するそうだ。

② 明日は雨　(a. と思います　　b. かもしれない)。

③ 自分の力による一般入試で大学に　(a. 合格し
b. 合格した)　ようです。

④ いなかでは、雪が降ると学校へいくのは　(a. 大変
b. 大変な)　ようです。

⑤ 私の意見が正しい　(a. かどうか　　b. の)、教えてください。

⑥ 英語ができるのは世界を知る　(a. ために　　b. のに)　便
利です。

⑦ あの子は肉が好き　(a. のようだ　　b. らしい)。いつも肉
ばかり食べてるよ。

II 下の文を正しい文に並べ替えなさい。＿＿＿＿に数字を書きなさい。

① 紙の裏に名前が　＿＿＿　＿＿＿　＿＿＿　＿＿＿、見てください。
1. 書いて　　2. どうか　　3. か　　4. ある

② 彼女は明日から5日間　＿＿＿　＿＿＿　＿＿＿　＿＿＿　らしい。
1. 行く　　2. に　　3. 休んで　　4. スキー

③ あの人は　＿＿＿　＿＿＿　＿＿＿　＿＿＿。
1. します　　2. 感じ　　3. 冷たい　　4. が

300

練習を
しましょう 複習⑬ **單字題 II**

I [a〜e]の<ruby>中<rt>なか</rt></ruby>から<ruby>適当<rt>てきとう</rt></ruby>な<ruby>言葉<rt>ことば</rt></ruby>を<ruby>選<rt>えら</rt></ruby>んで、（　　　）に<ruby>入<rt>い</rt></ruby>れなさい。

> **a.**<ruby>応接間<rt>おうせつま</rt></ruby>　**b.**<ruby>畳<rt>たたみ</rt></ruby>　**c.**<ruby>引き出し<rt>ひ だ</rt></ruby>　**d.**<ruby>暖房<rt>だんぼう</rt></ruby>　**e.**<ruby>壁<rt>かべ</rt></ruby>

① <ruby>玄関<rt>げんかん</rt></ruby>を<ruby>入<rt>はい</rt></ruby>ってすぐ<ruby>右<rt>みぎ</rt></ruby>の<ruby>大<rt>おお</rt></ruby>きな<ruby>部屋<rt>へ や</rt></ruby>が（　　　　　　　）です。

② <ruby>私<rt>わたし</rt></ruby>の<ruby>部屋<rt>へ や</rt></ruby>は<ruby>和室<rt>わ しつ</rt></ruby>で、（　　　　　　）の<ruby>部屋<rt>へ や</rt></ruby>なのです。

③ <ruby>窓<rt>まど</rt></ruby>のない<ruby>部屋<rt>へ や</rt></ruby>の（　　　　　　）に、<ruby>海<rt>うみ</rt></ruby>の<ruby>写真<rt>しゃしん</rt></ruby>を<ruby>掛<rt>か</rt></ruby>けました。

④ <ruby>机<rt>つくえ</rt></ruby>の<ruby>物<rt>もの</rt></ruby>を<ruby>片<rt>かた</rt></ruby>づけて、（　　　　　　）に<ruby>収納<rt>しゅうのう</rt></ruby>します。

> **a.**<ruby>工事中<rt>こう じ ちゅう</rt></ruby>　**b.**オートバイ　**c.**ガソリンスタンド　**d.**<ruby>事故<rt>じ こ</rt></ruby>　**e.**<ruby>帰り<rt>かえ</rt></ruby>

① （　　　　　　　）が<ruby>遅<rt>おそ</rt></ruby>くなった<ruby>日<rt>ひ</rt></ruby>は、いつもコンビニのお<ruby>弁当<rt>べんとう</rt></ruby>を<ruby>食<rt>た</rt></ruby>べています。

② テレビのニュースで<ruby>交通<rt>こうつう</rt></ruby>（　　　　　）のことを<ruby>知<rt>し</rt></ruby>りました。

③ （　　　　　　）に<ruby>乗<rt>の</rt></ruby>って<ruby>富士山<rt>ふ じ さん</rt></ruby>に<ruby>日帰り<rt>ひ がえ</rt></ruby>で<ruby>行<rt>い</rt></ruby>って<ruby>来<rt>き</rt></ruby>ました。

④ <ruby>駅<rt>えき</rt></ruby>を<ruby>広<rt>ひろ</rt></ruby>くするため、<ruby>今<rt>いま</rt></ruby>は（　　　　　）でとても<ruby>不便<rt>ふ べん</rt></ruby>です。

> **a.**<ruby>用事<rt>よう じ</rt></ruby>　**b.**<ruby>途中<rt>と ちゅう</rt></ruby>　**c.**<ruby>両方<rt>りょうほう</rt></ruby>　**d.**<ruby>売り場<rt>う ば</rt></ruby>　**e.**オフ

① <ruby>私<rt>わたし</rt></ruby>にとって<ruby>仕事<rt>し ごと</rt></ruby>と<ruby>家族<rt>か ぞく</rt></ruby>（　　　　　　）とも<ruby>大切<rt>たいせつ</rt></ruby>です。

② <ruby>本日<rt>ほんじつ</rt></ruby>は<ruby>急<rt>きゅう</rt></ruby>な（　　　　　　）で<ruby>外出<rt>がいしゅつ</rt></ruby>しています。

③ <ruby>家<rt>いえ</rt></ruby>に<ruby>帰<rt>かえ</rt></ruby>る（　　　　　　）で<ruby>本屋<rt>ほん や</rt></ruby>に<ruby>寄<rt>よ</rt></ruby>りました。

④ <ruby>洋服<rt>ようふく</rt></ruby>は３<ruby>階<rt>がい</rt></ruby>の（　　　　　　）で<ruby>売<rt>う</rt></ruby>っています。

文法 × 單字

073

track 3- 73

ことがある

我有時回家途中會去伯父家。

にほんごのたんご

帰(かえ)り

私(わたし)は時々(ときどき)、帰(かえ)りにおじの家(いえ)に行(い)く<u>ことがある</u>。

名 回家途中；
回來，回去

【動詞連體形（基本形）】＋ことがある。表示有時或偶爾發生某事。有時跟「時々(ときどき)」（有時）、「たまに」（偶爾）等，表示頻度的副詞一起使用。由於發生頻率不高，所以不能跟頻度高的副詞如「いつも」（常常）、「たいてい」（一般）等使用。表示「有時…」、「偶爾…」的意思。前面接動詞過去式，則表示過去的經驗。

其它例句

旅館(りょかん)

名 旅館 ▶▶

你有時會住日式旅館嗎？

日本風(にほんふう)の旅館(りょかん)に泊(と)まる<u>ことがあります</u>か。

踏(ふ)む

他五 踩住，踩
到 ▶▶

在電車裡有被踩過腳嗎？

電車(でんしゃ)の中(なか)で、足(あし)を踏(ふ)まれた<u>ことはあります</u>か。

通(とお)る

自五 經過；穿
過；合格 ▶▶

我有時會經過你家前面。

私(わたし)は、あなたの家(いえ)の前(まえ)を通(とお)る<u>ことがあります</u>。

放送(ほうそう)・する

名・他サ 播映，播放 ▶▶

有時會播放英語節目嗎？

英語(えいご)の番組(ばんぐみ)が放送(ほうそう)される<u>ことがあります</u>か。

302

☑ 形音義記憶練習

記住這些單字了嗎？

□帰り □旅館 □踏む □通る □放送・する
　かえ　　りょかん　　ふ　　　とお　　ほうそう

參考形、音、義在底線處寫出正確單字。

合格記憶三步驟：
① 發音練習
② 圖像記憶
③ 最完整字義解說

助詞、指示詞

① ＿＿＿＿＿＿＿

to o ru

表示通過、經過；又指從某物中穿過，從另一側出來。穿過；還指經過考試和審查，被認為合格。合格。

動手寫，成效加倍！

② ＿＿＿＿＿＿＿

ho o so o su ru

通過收音機或電視機播放新聞和節目。

詞類的活用

③ ＿＿＿＿＿＿＿

ryo ka n

供旅行者住宿的日本式旅館。

④ ＿＿＿＿＿＿＿

ka e ri

指回到家或公司等出發的地方、時間。回來。

⑤ ＿＿＿＿＿＿＿

fu mu

用腳登在某物上。用腳壓。

句型

正確解答

① 通る　② 放送・する　③ 旅館　④ 帰り　⑤ 踏む
とお　　ほうそう　　　りょかん　　かえ　　　ふ

ことになる

にほんごのたんご
エスカ
レーター
(escalator)

名 自動手扶梯

車站決定設置手扶梯。

駅にエスカレーターをつけることになりました。

【動詞連體形】＋ことになる。表示決定。由於「なる」是自動詞，所以知道決定的不是說話人自己，而是說話人以外的人、團體或組織等，來客觀地做出了某些安排或決定。「（被）決定…」的意思。

其它例句

しょうがっこう
小学校
名 小學 ▶▶

明年起將成為小學老師。

来年から、小学校の先生になることになりました。

とうとう
副 終於，最後 ▶▶

終於決定要回國了。

とうとう、国に帰ることになりました。

きっと
副 一定，務必 ▶▶

他一定會去吧！

きっと彼が行くことになるでしょう。

た
立てる
他下一 立起；
訂立 ▶▶

要我自己訂定讀書計畫。

自分で勉強の計画を立てることになっています。

304

☑ 形音義記憶練習

記住這些單字了嗎？

□エスカレーター □小学校[しょうがっこう] □とうとう □きっと □立[た]てる

參考形、音、義在<u>底線</u>處寫出正確單字。

合格記憶三步驟：
① 發音練習
② 圖像記憶
③ 最完整字義解說

①
_____
ki tto

表示說話人判斷就是這
樣，希望、期待不會落
空的心情。

動手寫，成效加倍！

②
_____
ta te ru

把棒子那樣長的東西，或板
子那樣扁的東西的一端或一
邊朝上安放。立起。又指定
立計畫等。

③
_____
sho o ga kko o

義務教育中，對兒童、少年
實施最初 6 年教育的學校。

④
_____
e su ka re e ta a

載人或物自動升降的階梯式裝
置。自動手扶梯。

⑤
_____
to o to o

表示在發生了種種事之後，
事物得到實現或最後完結。

正確解答 ⑤とうとう ④エスカレーター ③小学校 ②立てる ①きっと

のだ

有趣的電影真的很少！

少ない
すく

本当に面白い映画は、
ほんとう　　　　おもしろ　　　えいが
少ないのだ。
すく

形 少，不多

【用言連體形】＋のだ。表示客觀地對話題的對象、狀況進行說明。有強調自己的主張的含意；或請求對方針對某些理由說明情況。一般用在發生了不尋常的情況，而說話人對此進行說明，或提出問題。口語用「んだ」。

　其它例句

ぜんぜん

副 完全不…，
一點也不…
（接否定）

我一點也不想唸書。

ぜんぜん勉強したくないのです。
べんきょう

尋ねる
たず

他下一 問，打
聽；尋問

去請教過他了，但他不知道。

彼に尋ねたけれど、わからなかったのです。
かれ　たず

軒
けん

接尾 …間，…家

村裡竟有 3 家藥局。

村には、薬屋が 3 軒もあるのだ。
むら　　　くすりや　　げん

変える
か

他下一 改變；
變更

只要努力，人生也可以改變的。

がんばれば、人生を変えることもできるのだ。
じんせい　か

306

□ 少ない　□ ぜんぜん　□ 尋ねる　□ 軒　□ 変える
すく　　　　　　　　　　たず　　　けん　　　か

參考形、音、義在底線處寫出正確單字。

合格記憶三步驟：
① 發音練習
② 圖像記憶
③ 最完整字義解說

① _____

ka e ru

使之與以往不同，與其他
不同。改變；把東西的位
置移到別處。把預定的時
間改為別的時間。變更。

② _____

ta zu ne ru

為了請教不明白的事情，詢
問別人。打聽；又指探求不
懂的事物。尋問。

動手寫，成效加倍！

③ _____

ke n

表示房屋的數量。

④ _____

su ku na i

客觀地表示數量、次數、比例
少，少到幾乎近於零的樣子。

⑤ _____

ze n ze n

誇張地表示程度很不一般。
強調否定或否定性內容時
用，表示全面否定。

正確解答　①かえる　②たずねる　③けん　④すくない　⑤ぜんぜん

疑問詞＋か

にほんごのたんご

落ちる

自上一 掉落；脫落；降低

有東西從桌上掉下來了喔！

何か、机から落ちましたよ。

【疑問詞】＋か。「か」上接「なに、どこ、いつ、だれ」等疑問詞，表示不肯定的、不確定的，或是沒必要說明的事物。用在不特別指出某個物或事的時候。還有，後面的助詞經常被省略。

 其它例句

ベル（bell）
名 鈴聲

不知哪裡的鈴聲響了。

どこかでベルが鳴っています。

仕方
名 方法，做法

有誰可以教我洗衣的訣竅。

誰か、上手な洗濯の仕方を教えてください。

受ける
自他下一 接受；遭受

我將來想報考研究所。

いつか、大学院を受けたいと思います。

首
名 頸部

不知道為什麼，脖子有點痛。

どうしてか、首がちょっと痛いです。

☑ □落ちる　□ベル　□仕方　□受ける　□首

參考形、音、義在底線處寫出正確單字。

合格記憶三步驟：
① 發音練習
② 圖像記憶
③ 最完整字義解說

① _____
o chi ru

指從高處以自己身體的重量向下降落。掉落；又指程度、質量或力量等下降。降低。

② _____
shi ka ta

做什麼事情的方法或手段。

動手寫，成效加倍！

③ _____
u ke ru

接受面向自己的某種行為。接受；又指有來自外部的行為和作用等的影響。遭受。

④ _____
be ru

用來預告或警告的電鈴。

⑤ _____
ku bi

頭部與身軀之間的細長的部分。

かどうか

にほんごのたんご

水道
すいどう

☒ 自來水管

> 不知道自來水管的水是否可以飲用。

水道の水が飲めるかどうか知りません。

【用言終止形・體言】＋かどうか。表示從相反的兩種情況或事物之中選擇其一。「かどうか」前面的部分是不知是否屬實。「是否…」、「…與否」的意思。

 其它例句

正しい
ただ

形 正確；端正 ▶▶

> 請告訴我，我的意見是否正確。

私の意見が正しいかどうか、教えてください。

裏
うら

☒ 裡面；背後 ▶▶

> 請看一下紙的背面有沒有寫名字。

紙の裏に名前が書いてあるかどうか、見てください。

決まる
き

自五 決定，規定 ▶▶

> 還不知道老師是否要來。

先生が来るかどうか、まだ決まっていません。

米
こめ

☒ 米 ▶▶

> 你去看廚房裡是不是還有米。

台所に米があるかどうか、見てきてください。

☑ 形音義記憶練習

記住這些單字了嗎？

☐ 水道(すいどう)　☐ 正(ただ)しい　☐ 裏(うら)　☐ 決(き)まる　☐ 米(こめ)

參考形、音、義在底線處寫出正確單字。

合格記憶三步驟：
① 發音練習
② 圖像記憶
③ 最完整字義解說

助詞、指示詞

① _____

ki ma ru

得出最後的結果或結論。

動手寫，成效加倍！

② _____

ta da shi i

表示合乎常情、合乎標準的樣子。又有表示形狀端正、美的樣子。

詞類的活用

③ _____

u ra

與表面、正面相反的一側。背面。裡面；又指從外面看不見的，隱藏的地方或情況。背後。內幕。

④ _____

ko me

台灣、中國、日本等作為主食的穀物，加工稻穀去掉稻皮的米。

⑤ _____

su i do o

把水從水庫等水源地引來，供給飲用水和工業用水的設備。

句型

正確解答　①決まる（き）　②正しい（ただ）　③裏（うら）　④米（こめ）　⑤水道（すいどう）

ように言う

にほんごのたんご

壁
（かべ）

已經告訴小孩不要在牆上塗鴉。

子どもたちに、壁に絵を
描かないように言った。
（こ）（かべ）（え）（か）（い）

名 牆壁；障礙

【動詞連體形】＋ように。表示祈求、願望、希望、勸告或輕微的命令等。有希望成為某狀態，或希望發生某事態。後接「言う」，也用在老師提醒學生，或家長提醒孩子時等。「請…」、「希望…」的意思；「以便…」、「為了…」。

 其它例句

警官
（けいかん）
名 警察；巡警 ▶▶

警察要我說事故的發生經過。

警官は、事故について話すように言いました。
（けいかん）（じこ）（はな）（い）

漬ける
（つ）
他下一 浸泡；醃 ▶▶

媽媽說要把水果醃在酒裡。

母は、果物を酒に漬けるように言った。
（はは）（くだもの）（さけ）（つ）（い）

親切
（しんせつ）
名・形動 親切，好心 ▶▶

說要我對大家親切一點。

みんなに親切にするように言われた。
（しんせつ）（い）

線
（せん）
名 線 ▶▶

老師說錯誤的字彙要劃線去掉。

先生は、間違っている言葉を線で消すように言いました。
（せんせい）（まちが）（ことば）（せん）（け）（い）

☑ 形音義記憶練習

記住這些單字了嗎？

☐壁 ☐警官 ☐漬ける ☐親切 ☐線

參考形、音、義在<u>底線</u>處寫出正確單字。

合格記憶三步驟：
① 發音練習
② 圖像記憶
③ 最完整字義解說

① _____

ka be

為了隔開建築物的四周
或房間，而建造的固定
的牆壁。牆壁；又指很
難越過的障礙。障礙。

動手寫，成效加倍！

② _____

shi n se tsu

指以和藹、親切的心情和態
度接觸對方。

③ _____

se n

畫在紙上或者刻在物體表面
上的，細而連續的印跡。

④ _____

ke e ka n

「警察官」的簡稱。做警察工
作的公務員，一般多專指巡
警。

⑤ _____

tsu ke ru

放入液體裡，浸泡；又指醃
製成鹹菜。醃。

正確解答 ⑤漬ける ④警官 ③線 ②親切 ①壁

助詞、指示詞

詞類的活用

句型

313

ようにする

にほんごのたんご

草(くさ)

图 草

> 把草拔掉，以方便走路。

草(くさ)を取(と)って、歩(ある)きやすいようにした。

【動詞連體形】＋ようにする。表示說話人自己將前項的行為或狀況當作目標，而努力。如果要把某行為變成習慣，一般都在前面加上動詞「爭取做到…」、「設法使…」的意思；又表示對某人或事物，施予某動作，使其起作用。「使其…」的意思。

其它例句

道具(どうぐ)
图 工具；手段 ▶▶

> 收集了道具，以便隨時可以使用。

道具(どうぐ)を集(あつ)めて、いつでも使(つか)えるようにした。

競争(きょうそう)・する
名·自サ 競爭，比賽 ▶▶

> 一起唸書，以競爭方式來激勵彼此。

一緒(いっしょ)に勉強(べんきょう)して、お互(たが)いに競争(きょうそう)するようにした。

布団(ふとん)
图 棉被 ▶▶

> 鋪好棉被，以便隨時可以睡覺。

布団(ふとん)をしいて、いつでも寝(ね)られるようにした。

棚(たな)
图 架子，棚架 ▶▶

> 作了架子，以便放書。

棚(たな)を作(つく)って、本(ほん)を置(お)けるようにした。

□草_{くさ} □道具_{どうぐ} □競争・する_{きょうそう} □布団_{ふとん} □棚_{たな}

參考形、音、義在底線處寫出正確單字。

助詞、指示詞

合格記憶三步驟：
① 發音練習
② 圖像記憶
③ 最完整字義解說

① _____
kyo o so o su ru

指向同一目的或終點互不服輸地競爭。

② _____
ta na

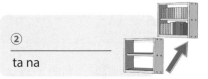

架起板子，能放東西的台子。

動手寫，成效加倍！

詞類的活用

③ _____
do o gu

人們為了製作或移動物品，手中所使用的工具。工具；又指為實現目的的手段。手段。

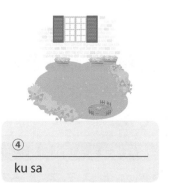

④ _____
ku sa

莖葉柔軟，無枝幹，無法成為樹木的植物。

⑤ _____
fu to n

句型

睡覺時，中間放入棉花等用布縫製的，鋪在身體下面或蓋在身體上面的東西。

315

ようになる

にほんごのたんご
だいたい ▶

練習以後，大致會彈這首曲子了。

練習して、この曲はだいたい弾ける<u>ようになった</u>。

副 大部分；大致；大概

【動詞連體形；動詞（ら）れる】＋ようになる。表示是能力、狀態、行為的變化。大都含有花費時間，使成為習慣或能力。動詞「なる」表示狀態的改變。「（變得）…了」的意思。

　其它例句

枝
えだ
名 樹枝；分支 ▶▶

由於砍掉了樹枝，遠山就可以看到了。

枝を切ったので、遠くの山が見える<u>ようになった</u>。

科学
かがく
名 科學 ▶▶

科學進步了，很多事情都可以做了。

科学が進歩して、いろいろなことができる<u>ようになりました</u>。

倍
ばい
名・接尾 倍，加倍 ▶▶

今年起可以領到雙倍的薪資了。

今年から、倍の給料をもらえる<u>ようになりました</u>。

すごい
形 可怕，很棒；非常 ▶▶

如果英文能講得好，應該很棒吧！

上手に英語が話せる<u>ようになったら</u>、すごいなあ。

☑ 形音義記憶練習

記住這些單字了嗎？

□ だいたい　□ 枝^{えだ}　□ 科学^{か がく}　□ 倍^{ばい}　□ すごい

參考形、音、義在底線處寫出正確單字。

合格記憶三步驟：
① 發音練習
② 圖像記憶
③ 最完整字義解說

① _____

su go i

非常可怕。除了感到恐怖，還含有驚嚇、憤慨等意；又形容好的事物，帶有驚訝的語氣。又程度大的樣子。

② _____

da i ta i

除去細枝末節的大部分；表示動作或作用完成的程度；說話人推斷某一時間或數值大致有多少。

動手寫，成效加倍！

③ _____

ka ga ku

通過觀察和實驗，找出或應用能夠有系統地說明事實的，一般規律的學問。

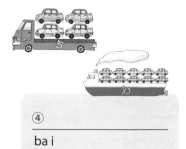

④ _____

ba i

把某數或量兩個合起來的數或量。

⑤ _____

e da

從樹幹分出來，往外延伸的部分。樹枝；又指從中心分出去的部分。分支。

正確解答 ①すごい ②だいたい ③科学^{かがく} ④倍^{ばい} ⑤枝^{えだ}

助詞、指示詞

詞類的活用

句型

317

文法 × 單字

文法 × 單字 081 ‧ track 3-81

ところだ

音樂會正要開始。

行う

他五 舉行，舉辦

これから、音楽会が行われる**ところだ**。

【動詞連體形】＋ところだ。表示將要進行某動作，也就是動作、變化處於開始之前的階段。「剛要…」、「正要…」的意思。

其它例句

回る
自五 轉動；走動；旋轉
▶▶ 正要到村裡到處走動走動。
村の中を、あちこち回る**ところです**。

糸
名 線；(三弦琴的) 弦
▶▶ 正要去買線和針。
糸と針を買いに行く**ところです**。

祈る
他五 祈禱；祝福
▶▶ 大家正要為和平而祈禱。
みんなで、平和について祈る**ところです**。

校長
名 校長
▶▶ 校長正要要開始說話。
校長が、これから話をする**ところです**。

318

☑ 形音義記憶練習　記住這些單字了嗎？

□行う　□回る　□糸　□祈る　□校長

參考形、音、義在<u>底線處</u>寫出正確單字。

合格記憶三步驟：
① 發音練習
② 圖像記憶
③ 最完整字義解說

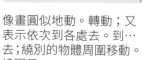

① ＿＿＿＿＿＿＿

ma wa ru

像畫圓似地動。轉動；又表示依次到各處去。到…去；繞別的物體周圍移動。繞圈子。

② ＿＿＿＿＿＿＿

i to

作為紡織品的直接材料，或縫衣服用的細東西。線；又指琴和三弦琴的弦。

動手寫，成效加倍！

③ ＿＿＿＿＿＿＿

o ko na u

按形式或慣例做某事。

④ ＿＿＿＿＿＿＿

ko o cho o

學校裡責任最重的職務。也指處於該職位的人。

⑤ ＿＿＿＿＿＿＿

i no ru

指求助神佛的力量，祈求好事降臨。祈禱；又指衷心希望對方好事來臨。祝福。

正確解答　①回る　②糸　③行う　④校長　⑤祈る

助詞、指示詞

詞類的活用

句型

319

ているところだ

にほんごのたんで

教育
きょういく

名・他サ 教育

正在研究學校教育。

がっこうきょういく　けん
学校教育について、**研**
きゅう
究しているところだ。

【動詞進行式】＋ているところだ。表示正在進行某動作，也就是動作、變化處於正在進行的階段。「正在…」的意思。

　其它例句

みどり
緑

名 綠色　▶▶

現在鎮上正是綠意盎然的時候。

いま　まち　みどり
今、町を緑でいっぱいにしているところです。

かたち
形

名 形狀；形　▶▶

我正在考慮要組成什麼形式的協會。

かい　かたち　かんが
会をどんな形にするか、考えているところだ。

はつおん
発音

名 發音　▶▶

正在請他幫我矯正日語的發音。

に ほん ご　はつおん　なお
日本語の発音を直してもらっているところです。

だから

接續 所以；
因此　▶▶

明天考試。所以，現在正在準備。

あした　いまじゅん び
明日はテストです。だから、今準備しているところです。

參考形、音、義在底線處寫出正確單字。

合格記憶三步驟：
① 發音練習
② 圖像記憶
③ 最完整字義解說

助詞、指示詞

① _____

ka ta chi

可以看得見的物體形狀，如三角形、圓形等。形狀；做成的形狀，有時是抽象的。形。

② _____

ha tsu o n

按一定的口形、牙的間隔和舌頭的位置發出聲音。也指其發音的方法。

動手寫，成效加倍！

詞類的活用

③ _____

kyo o i ku

指把知識、技術、教養或做人的道理等教給人們，並使人們掌握。也指所掌握的事物。

④ _____

da ka ra

表示由於某種原因，而產某種結果；又表示因為某種原因，而積極地做什麼。

⑤ _____

mi do ri

草或樹木的葉子的顏色。

句型

正確解答 ⑤緑
みどり
④だから ③教育
きょういく
②発音
はつおん
①形
かたち

321

たところだ

現在機器剛停了下來。

にほんごのたんご
止まる

今、ちょうど機械が止まった<u>たところだ</u>。

自五 停止；中斷；
落在

【動詞過去式】＋ところだ。表示動作、變化處於剛結束，也就是在「…之後不久」的階段。「剛做完…」的意思。

 其它例句

打つ
他五 打撃，打

一郎正好擊出全壘打。

イチローがホームランを打った<u>たところだ</u>。

拝見・する
名・他サ 看，拜讀

剛看完您的照片。

写真を拝見した<u>ところです</u>。

くださる
他五 給，給予

老師剛把書給我。

先生が、今本をくださった<u>ところです</u>。

ほど
副助 …的程度

我的文章沒有你寫得好，但剛才總算是完成了。

あなたほど上手な文章ではありませんが、なんとか書き終わった<u>たところです</u>。

☑ 形音義記憶練習

記住這些單字了嗎？

□ 止<ruby>止<rt>と</rt></ruby>まる □ 打<ruby>打<rt>う</rt></ruby>つ □ 拝見<ruby>拝見<rt>はいけん</rt></ruby>・する □ くださる □ ほど

參考形、音、義在底線處寫出正確單字。

合格記憶三步驟：
① 發音練習
② 圖像記憶
③ 最完整字義解說

① ＿＿＿＿＿＿＿＿
ku da sa ru

對上司或長輩給自己，或自己一方東西的恭敬說法。「くれる」的尊敬語。

② ＿＿＿＿＿＿＿＿
ho do

指事物的程度或限度。

動手寫，成效加倍！

③ ＿＿＿＿＿＿＿＿
to ma ru

指活動的東西停止了。移動的東西不動了。停止；又指發出的東西不出了。連續的東西斷了。停止。中斷。

④ ＿＿＿＿＿＿＿＿
ha i ke n su ru

「見<ruby>見<rt>み</rt></ruby>る」(看) 或「読<ruby>読<rt>よ</rt></ruby>む」(讀) 的自謙說法。

⑤ ＿＿＿＿＿＿＿＿
u tsu

很用力地用某物撞他物。打。擊。碰；又指使感動。打動。

助詞、指示詞

詞類的活用

句型

正確解答 ①くださる ②ほど ③止<ruby>止<rt>と</rt></ruby>まる ④拝見<ruby>拝見<rt>はいけん</rt></ruby>・する ⑤打<ruby>打<rt>う</rt></ruby>つ

323

I [a,b] の中から正しいものを選んで、〇をつけなさい。

① 若いころは、夜中まで遊ぶことも　(a. ある　　b. あった)。

② 時間があるときには、ネットでレシピを調べて料理を作ることも　(a. あります　　b. します)。

③ 私はまだ沖縄の踊りを　(a. 見たことがありました　b. 見たことがありません)。

④ 社員が日によって交代で出社すること　(a. にした　b. になった)。

⑤ 今レポートをなんとか　(a. 書き終わる　　b. 書き終わった)　ところです。

⑥ 私はたくさんの中国料理を　(a. 作る　　b. 作った)　ことができます。

⑦ これくらいなら　(a. 覚えられる　　b. 覚えよう)。

II 下の文を正しい文に並べ替えなさい。＿＿＿に数字を書きなさい。

① この運動をしたら、＿＿＿ ＿＿＿ ＿＿＿ ＿＿＿ ができた。

　　1. 3キロ　　2. こと　　3. 痩せる　　4. くらい

② ゆっくりでいいよ。＿＿＿ ＿＿＿ ＿＿＿ ＿＿＿。

　　1. 話してね　　2. ところ　　3. 話せる　　4. まで

③ 今、町を ＿＿＿ ＿＿＿ ＿＿＿ ＿＿＿ ところです。

　　1. に　　2. いっぱい　　3. している　　4. 緑で

練習を
しましょう 複習⑭ **單字題 I**

I [a～e]の中（なか）から適当（てきとう）な言葉（ことば）を選（えら）んで、（　　　）に入（い）れなさい。

| a. 手元（てもと）　　b. うち　　c. どっち　　d. 遠（とお）く　　e. 裏（うら） |

① しばらく会（あ）わない（　　　　　　　）にずいぶん大（おお）きくなりましたね。

② 葉書（はがき）の（　　　　　　　）に元気（げんき）になる言葉（ことば）を書（か）きました。

③ 東京（とうきょう）タワーがビルとビルの間（あいだ）から見（み）えました。こんなに
（　　　　　　　）からも見（み）えますよ。

④ あれとこれと（　　　　　　　）が欲（ほ）しいですか。

II [a～e]の中（なか）から適当（てきとう）な言葉（ことば）を選（えら）んで、（　　　）に入（い）れなさい。
（必要（ひつよう）なら形（かたち）を変（か）えなさい）

| a. 滑（すべ）る　　b. 投（な）げる　　c. 負（ま）ける　　d. 打（う）つ　　e. 駆（か）ける |

① バナナの皮（かわ）を踏（ふ）んで（　　　　　　　）怪我（けが）をしました。

② 馬（うま）に乗（の）って草原（そうげん）を（　　　　　　　）みたいです。

③ 川（かわ）に石（いし）を（　　　　　　）遊（あそ）びました。

④ 倒（たお）れたときに、頭（あたま）を（　　　　　　　）ので、すぐ病院（びょういん）に運（はこ）ばれ
ました。

| a. 焼（や）く　　b. 包（つつ）む　　c. 沸（わ）く　　d. 沸（わ）かす　　e. 漬（つ）ける |

① きれいな紙（かみ）でプレゼントを（　　　　　　　）もらいました。

② ぬかみそに野菜（やさい）を（　　　　　　）おきましょう。

③ 鍋（なべ）でお湯（ゆ）を（　　　　　　）ら火（ひ）を弱（よわ）くして、鶏肉（とりにく）を入（い）れます。

④ お風呂（ふろ）が（　　　　　　）いますから、どうぞ入（はい）ってください。

練習を
しましょう
複習⑭ **文法題II**

I [a,b] の中から正しいものを選んで、○をつけなさい。

① よく （a. 眠れる　　b. 眠る） ように、牛乳を飲んだ。

② 棚を作って、本を置ける （a. ように　　b. ことに） した。

③ 私の国では、電車の中で飲食をしてはいけないこと （a. に
b. が） なっている。

④ 日本語の新聞が読める （a. ように　　b. ために） なりました。

⑤ 今年は結婚 （a. できます　　b. できた） ように。

⑥ バスを降りたところで、傘を忘れたことに （a. 気づく
b. 気づいた）。

⑦ 風邪を （a. 引けない　　b. 引かない） ように皆さん気を
つけて下さいね。

⑧ 毎日、日記を書くように （a. しています　　b. なっています）。

II 下の文を正しい文に並べ替えなさい。＿＿＿に数字を書きなさい。

① 山田さんにあとで事務所 ＿＿＿ ＿＿＿ ＿＿＿ ＿＿＿ ください。

　1. に　　2. 言って　　3. ように　　4. 来る

② 社会人になってから自分で弁当 ＿＿＿ ＿＿＿
＿＿＿ ました。

　1. ように　　2. なり　　3. 作る　　4. を

③ 毎日自分で料理 ＿＿＿ ＿＿＿ ＿＿＿ ＿＿＿ います。

　1. して　　2. 作る　　3. を　　4. ように

練習を
しましょう　複習⑭　**單字題Ⅱ**

Ⅰ　[a〜e]の中から適当な言葉を選んで、（　　）に入れなさい。

> **a. 下着**　　**b. アクセサリー**　　**c. 糸**　　**d. 財布**　　**e. 指輪**

① この（　　　　　　　　）を引くとボールが落ちます。

② ドラマみたいに、箱から（　　　　　　　　）を出して「結婚して
ください。」と言ってほしい。

③ 仕事で動いて汗をかきました。昼休みに（　　　　　　　　）を替
えました。

④ （　　　　　　　　）を開けたら、お金がいっぱい入っていました。

> **a. 押入れ**　　**b. カーテン**　　**c. 水道**　　**d. 布団**　　**e. 屋上**

① （　　　　　　　　）の水がお湯のように温いのです。

② 洗濯物も（　　　　　　　　）も日に当てたほうがいいですよ。

③ 子どもの頃はこのデパートの（　　　　　　　　）の遊園地に行く
のが楽しみでした。

④ 寝るとき外から光が入ってくるので、（　　　　　　　　）を買い
ました。

> **a. 住所**　　**b. 留守**　　**c. エスカレーター**　　**d. お宅**　　**e. 一般**

① この日、（　　　　　　　　）にいらっしゃいますか。

② 彼が来たら私は（　　　　　　　　）だと言ってください。

③ 6階まで（　　　　　　　　）で上がります。

④ ここに（　　　　　　　　）を書いてくださいませんか。

I [a,b] の中から正しいものを選んで、○をつけなさい。

① Youtube を見て　（a. まで　　b. ばかり）　いないで、レポートを書いてください。

② 彼女は私の名前を忘れてしまった　（a. の　　b. な）？

③ お父さんとお母さん、（a. どっち　　b. より）　がきびしい？

④ 危ない！ここで　（a. 泳いでもいい　　b. 泳いではいけない）。

⑤ これから野球を　（a. しにいく　　b. していく）　ところだ。

⑥ うちに　（a. 着くなら　　b. 着くと）、雨が降りだした。

⑦ この冷蔵庫はなぜ使いやすいのか、紹介　（a. くれて
b. させて）　ください。

⑧ 日本の家では靴を　（a. 履く　　b. 履いた）　まま入ってはいけません。

⑨ 来週先輩に大学を　（a. 案内して　　b. 案内）　いただきます。

⑩ 私は今旅行の準備を　（a. しよう　　b. しろう）　としている。

⑪ 私の好きなパンは売れて　（a. おいた　　b. しまった）　そうです。

⑫ 私は 12 時まで待っていますから、それ　（a. までに　　b. まで）
来てください。

⑬ ときどき先生のお宅に　（a. うかがった　　b. うかがう）
ことがあります。

⑭ 大雪が　（a. ふれば　　b. ふっなら）、電車はおくれる。

II 下したの文ぶんを正ただしい文ぶんに並ならべ替かえなさい。＿＿＿＿に数字すうじを書かきなさい。

① この新聞しんぶんでは、＿＿＿ ＿＿＿ ＿＿＿ ＿＿＿ 書かいています。

　　1. を　　2. こと　　3. こう　　4. いった

② 夏なつは、授業中じゅぎょうちゅうに水みずを飲のんで ＿＿＿ ＿＿＿ ＿＿＿ ＿＿＿ なっている。

　　1. いい　　2. こと　　3. も　　4. に

③ 暑あついから、＿＿＿ ＿＿＿ ＿＿＿ ＿＿＿。

　　1. ください　　2. 窓まどを　　3. 開あけて　　4. おいて

④ ありがたいことに4人にんの ＿＿＿ ＿＿＿ ＿＿＿ ＿＿＿。

　　1. ください　　2. 協力きょうりょくして　　3. ました　　4. 女性じょせいが

⑤ 彼女かのじょは息子むすこに医者いしゃ ＿＿＿ ＿＿＿ ＿＿＿ ＿＿＿。

　　1. に　　2. 行いかせた　　3. 呼よび　　4. を

⑥ 来週らいしゅうまでに、＿＿＿ ＿＿＿ ＿＿＿ ＿＿＿ いけない。

　　1. 払はらわなく　　2. ては　　3. を　　4. お金かね

⑦ 政治家せいじかを運動会うんどうかいに招待しょうたいしたら、＿＿＿ ＿＿＿ ＿＿＿ ＿＿＿ いただきました。

　　1. に　　2. 弁当べんとう　　3. を　　4. 昼食時ちゅうしょくじ

練習を しましょう 総複習 單字題

I [a～e]の中から適当な言葉を選んで、（　　）に入れなさい。

a. 科学　　b. 学部　　c. 教育　　d. 研究室　　e. 中学校

① 教員になるための（　　　　　　）を受けました。

② 息子が医（　　　　　　）に合格したのは良いが、学費はどう
しよう。

③ 健太君は来年小学校を卒業して、（　　　　　　）に通います。

④ 地球（　　　　　　）の授業の講師が面白いです。

a. 入門講座　　b. 線　　c. 英会話　　d. 初心者　　e. 答え

① それは AI をわかりやすく説明する（　　　　　　）です。

② 僕はテニスの（　　　　　）です。

③ この問題の（　　　　　）をノートに写してもいいですか。

④ 留学に行く前に、私は週に 3 回（　　　　　　）を習っていま
した。

a. アルバイト　　b. 運転手　　c. 看護師　　d. 校長　　e. 警察

① 私は（　　　　　　）として、近所の病院で働いています。

② 今の仕事をやめて、トラックの（　　　　　　）になりたいで
す。

③ バッグの落とし物を（　　　　　　）に届けました。

④ 家庭教師の（　　　　　）の時給は 1200 円から 3300 円ぐら
いです。

| a. 受付 | b. 警官 | c. 工業 | d. 歯医者 | e. 新聞社 |

① 卒業後は（　　　　　　　）に勤めて、良い記事を書きたいと思っています。

② 虫歯になったので（　　　　　）へ行きました。

③ 泥棒が（　　　　　　）に連れて行かれました。

④ ここは交通の便が良いのを利用して、（　　　　　）が発達しています。

II [a〜e]の中から適当な言葉を選んで、（　）に入れなさい。（必要なら形を変えなさい）

| a. 利用する | b. 間違える | c. いじめる | d. 落ちる | e. 写す |

① 動物を（　　　　　　）はいけません。優しくしましょう。

② この辺りは、石が（　　　　　）くるので注意しましょう。

③ 声が似ているので、電話でよく父と（　　　　　　）られます。

④ 通勤時間やお昼休みなどに、大勢の人がスマホを（　　　　　　）います。

| a. 見つける | b. 安心する | c. 邪魔する | d. 心配する | e. 持てる |

① （　　　　　　）いたけど治りが早くて、なんと3日で退院できました。

② 私はこれで帰ります。お（　　　　　）。

③ この荷物は重くて（　　　　　）から、手伝ってください。

④ 誰も怪我しなかったと聞いて（　　　　　）。

解答

複習 1 解答	複習 1 解答 II	複習 2 解答

■ **文法 I**

① b.
② b.
③ a.
④ b.
⑤ b.
⑥ b.
⑦ a.
⑧ b.

■ **文法 II**

① 3421
② 1432
③ 2431

■ **單字 I**

① d.
② a.
③ c.
④ b.

■ **單字 I ②**

① d.
② a.
③ e.
④ b.

■ **單字 II**

① a- 暮れて
② d- 朝寝坊して
③ e- 急いで
④ c- 起こさない

■ **文法 I**

① a.
② b.
③ a.
④ b.
⑤ a.
⑥ a.
⑦ a.
⑧ b.

■ **文法 II**

① 2143
② 2431
③ 4132

■ **單字 I**

① c.
② d.
③ a.
④ e.

■ **單字 II**

① b- 細かい
② e- 熱心
③ a- 優しく
④ c- 失礼

■ **單字 II ②**

① d- 踏んで
② c- 注意して
③ a- 止まった
④ b- 降りて

■ **文法 I**

① b.
② a. a.
③ b.
④ a.
⑤ b.
⑥ b. b.
⑦ b. a.
⑧ a.

■ **文法 II**

① 4231
② 2134
③ 3412

■ **單字 I**

① e.
② b.
③ a.
④ c.

■ **單字 I ②**

① d.
② e.
③ a.
④ c.

■ **單字 I ③**

① e.
② a.
③ b.
④ d.

複習 3 解答 I

■ 文法 I
① b.
② a.
③ a.
④ a.
⑤ a.
⑥ b.
⑦ b.

■ 文法 II
① 1432
② 4231
③ 4231

■ 單字 I
① a.
② d.
③ c.
④ e.

■ 單字 II
① c- 太って
② b- 眠
③ a- 動か
④ d- 亡くなった

■ 單字 II ②
① c- 寄った
② e- 通って
③ a- 揺れて
④ b- 乗り換えて

複習 3 解答 II

■ 文法 I
① b.
② b.
③ a.
④ b.
⑤ b.
⑥ b.
⑦ b.

■ 文法 II
① 3214
② 1243
③ 2143

■ 單字 I
① e.
② d.
③ a.
④ c.

■ 單字 I ②
① d.
② e.
③ b.
④ c.

■ 單字 II
① d- 伝えて
② a- 送って
③ b- 尋ねました
④ e- 放送

複習 3 解答 III

■ 文法 I
① a.
② a.
③ b.
④ a.
⑤ b.
⑥ a.
⑦ a.

■ 文法 II
① 4132
② 4231
③ 3142

■ 單字 I
① d.
② e.
③ c.
④ a.

■ 單字 I ②
① e.
② a.
③ c.
④ b.

■ 單字 II
① e- 正しかった
② d- 必要
③ a- 無理な
④ c- よろしい

複習 4 解答	複習 4 解答 II	複習 5 解答
■ **文法 I**	■ **文法 I**	■ **文法 I**
① a.	① a.	① a.
② b.	② b.	② b.
③ b.	③ a.	③ a.
④ b.	④ a.	④ a.
⑤ a.	⑤ a.	⑤ a.
⑥ b.	⑥ b.	⑥ b.
⑦ b.	⑦ b.	⑦ b.
⑧ b.		⑧ a.
■ **文法 II**	■ **文法 II**	■ **文法 II**
① 3241	① 2431	① 2314
② 2134	② 3214	② 3142
③ 1423	③ 4132	③ 4312
■ **單字 I**	■ **單字 I**	■ **單字 I**
① c.	① d.	① d.
② b.	② e.	② c.
③ e.	③ c.	③ a.
④ d.	④ a.	④ b.
■ **單字 I ②**	■ **單字 I ②**	■ **單字 I ②**
① e.	① e.	① e.
② a.	② d.	② c.
③ d.	③ b.	③ b.
④ c.	④ c.	④ a.
■ **單字 I ③**	■ **單字 I ③**	■ **單字 II**
① a.	① a.	① c- 驚いて
② e.	② d.	② b- 笑
③ d.	③ c.	③ e- 怒
④ b.	④ b.	④ d- 泣き

複習 5 解答 II

■ 文法 I
① b.
② b.
③ a.
④ a.
⑤ a.
⑥ b.
⑦ b.

■ 文法 II
① 3214
② 4213
③ 1423

■ 單字 I
① c.
② b.
③ e.
④ d.

■ 單字 I ②
① c.
② b.
③ d.
④ a.

■ 單字 I ③
① b.
② c.
③ d.
④ a.

複習 5 解答 III

■ 文法 I
① a.
② b.
③ a.
④ a.
⑤ b.
⑥ b.
⑦ a.

■ 文法 II
① 3421
② 2134
③ 1423

■ 單字 I
① e.
② a.
③ d.
④ c.

■ 單字 I ②
① b.
② d.
③ a.
④ e.

■ 單字 II
① c- 伺う
② d- 申しました
③ e- いらっしゃ
　 いました
④ b- ございます

複習 6 解答

■ 文法 I
① a.
② a.
③ b.
④ b.
⑤ b.
⑥ b.
⑦ a.

■ 文法 II
① 3214
② 3142
③ 1432

■ 單字 I
① d.
② b.
③ a.
④ c.

■ 單字 I ②
① d.
② c.
③ e.
④ a.

■ 單字 II
① a- 冷えた
② e- 植え
③ d- 止む
④ c- 映って

複習 6 解答 II

■ 文法 I
① b.
② b.
③ b.
④ a.
⑤ b.
⑥ a.
⑦ b.
⑧ a.

■ 文法 II
① 1432
② 3241
③ 2143

■ 單字 I
① e.
② b.
③ c.
④ d.

■ 單字 I ②
① d.
② e.
③ b.
④ a.

■ 單字 I ③
① d.
② b.
③ c.
④ a.

複習 7 解答

■ 文法 I
① a.
② b.
③ b.
④ a.
⑤ b.
⑥ b.
⑦ b.

■ 文法 II
① 2413
② 4231
③ 3124

■ 單字 I
① a.
② c.
③ e.
④ b.

■ 單字 II
① a- 点けて
② c- 運ぶ
③ e- 壊れて
④ b- 割れた

■ 單字 II ②
① e- 直る
② b- 無くなり
　　ました
③ a- 直して
④ d- 取り換えて

複習 7 解答 II

■ 文法 I
① a.
② b.
③ b.
④ a.
⑤ b.
⑥ b.
⑦ a.
⑧ a.

■ 文法 II
① 2134
② 1342
③ 1324

■ 單字 I
① d.
② e.
③ b.
④ a.

■ 單字 I ②
① a.
② d.
③ c.
④ b.

■ 單字 I ③
① e.
② b.
③ d.
④ a.

複習 8 解答

■ **文法 I**
① b.
② a.
③ a.
④ a.
⑤ b.
⑥ b.
⑦ b.
⑧ b.

■ **文法 II**
① 2413
② 3142
③ 3241

■ **單字 I**
① d- 連れて
② a- 集めて
③ b- 集まって
④ c- 欠けて

■ **單字 II**
⑤ b.
⑥ a.
⑦ e.
⑧ c.

■ **單字 II ②**
① d.
② e.
③ a.
④ c.

複習 8 解答 II

■ **文法 I**
① a.
② b.
③ a.
④ a.
⑤ a.
⑥ b.
⑦ b.
⑧ b.

■ **文法 II**
① 2143
② 2314
③ 1432

■ **單字 I**
① c- 迎え
② a- 済んだ
③ b- 続く
④ e- 続ける

■ **單字 I ②**
① a- 盗ま
② d- 逃げ
③ e- なくして
④ c- 捕まえて

■ **單字 I ③**
① b- 調べて
② a- 思って
③ c- 比べる
④ d- 思い出して

複習 9 解答

■ **文法 I**
① b.
② a.
③ a.
④ b.
⑤ a.
⑥ b.
⑦ a.

■ **文法 II**
① 4312
② 1432
③ 2143

■ **單字 I**
① c.
② e.
③ b.
④ d.

■ **單字 I ②**
① b.
② d.
③ e.
④ c.

■ **單字 I ③**
① b.
② a.
③ c.
④ e.

複習 9 解答 II	複習 10 解答	複習 10 解答 II

■ 文法 I

① b.
② b.
③ b.
④ b.
⑤ a.
⑥ a.
⑦ b.

■ 文法 II

① 2143
② 4132
③ 3124

■ 單字 I

① b- 恥ずかしい
② c- 複雑な
③ e- すごい
④ d- 怖い

■ 單字 II

① b.
② c.
③ e.
④ a.

■ 單字 II ②

① d.
② e.
③ a.
④ c.

■ 文法 I

① a.
② b.
③ a.
④ b.
⑤ b.
⑥ a.
⑦ b.

■ 文法 II

① 4213
② 2413
③ 3241

■ 單字 I

① a.
② e.
③ d.
④ c.

■ 單字 I ②

① c.
② e.
③ b.
④ a.

■ 單字 II

① c- 泊ま
② e- 案内して
③ a- 釣る
④ d- 楽しんで

■ 文法 I

① b.
② a.
③ a.
④ a.
⑤ a.
⑥ a.
⑦ b.

■ 文法 II

① 4312
② 4132
③ 3412

■ 單字 I

① e.
② d.
③ c.

■ 單字 I ②

① a.
② d.
③ c.

■ 單字 II

① d- 足して
② b- もらった
③ c- やる
④ a- 増えて

複習 11 解答

■ 文法 I
① a.
② a.
③ a.
④ b.
⑤ a.
⑥ a.
⑦ b.
⑧ b.

■ 文法 II
① 3241
② 3421
③ 2134

■ 單字 I
① c- ひどい
② b- 適当な
③ d- 丁寧
④ a- おかしい

■ 單字 I ②
① a- 止める
② c- 怪我した
③ e- 塗って
④ b- 倒れた

■ 單字 II
① d.
② c.
③ e.
④ b.

複習 12 解答

■ 文法 I
① a.
② a.
③ a.
④ b.
⑤ a.
⑥ a.
⑦ b.
⑧ b.

■ 文法 II
① 1342
② 4321
③ 2431

■ 單字 I
① e.
② d.
③ c.
④ a.

■ 單字 I ②
① e.
② b.
③ d.
④ c.

■ 單字 I ③
① e.
② b.
③ c.
④ d.

複習 12 解答 II

■ 文法 I
① b.
② a.
③ b.
④ a.
⑤ b.
⑥ a.
⑦ a.

■ 文法 II
① 2431
② 3124
③ 1432

■ 單字 I
① a.
② d.
③ e.
④ c.

■ 單字 I ②
① c.
② a.
③ e.
④ b.

■ 單字 II
① b- 慣れて
② c- 下げ
③ e- 進み
④ d- できます

複習 13 解答	複習 13 解答 II	複習 14 解答

■ 文法 I

① b.
② a.
③ a.
④ a.
⑤ b.
⑥ b.
⑦ b.
⑧ a.

■ 文法 II

① 2314
② 2314
③ 4123

■ 單字 I

① d.
② c.
③ a.
④ e.

■ 單字 I ②

① c.
② d.
③ e.
④ b.

■ 單字 I ③

① c.
② a.
③ e.
④ d.

■ 文法 I

① b.
② b.
③ b.
④ b.
⑤ a.
⑥ b.
⑦ b.

■ 文法 II

① 1432
② 3421
③ 3241

■ 單字 I

① a.
② b.
③ e.
④ c.

■ 單字 I ②

① e.
② d.
③ b.
④ a.

■ 單字 I ③

① c.
② a.
③ b.
④ d.

■ 文法 I

① b.
② a.
③ b.
④ b.
⑤ b.
⑥ a.
⑦ a.

■ 文法 II

① 1432
② 3241
③ 4213

■ 單字 I

① b.
② e.
③ d.
④ c.

■ 單字 II

① a- 滑って
② e- 駆けて
③ b- 投げて
④ d- 打った

■ 單字 II ②

① b- 包んで
② e- 漬けて
③ d- 沸かした
④ c- 沸いて

複習 14 解答 II

■ 文法 I
① a.
② a.
③ a.
④ a.
⑤ a.
⑥ b.
⑦ b.
⑧ a.

■ 文法 II
① 1432
② 4312
③ 3241

■ 單字 I
① c.
② e.
③ a.
④ d.

■ 單字 I ②
① c.
② d.
③ e.
④ b.

■ 單字 I ③
① d.
② b.
③ c.
④ a.

總複習

■ 文法 I
① b.
② a.
③ a.
④ b.
⑤ a.
⑥ b.
⑦ b.
⑧ b.
⑨ a.
⑩ a.
⑪ b.
⑫ a.
⑬ b.
⑭ a.

■ 文法 II
① 3421
② 3124
③ 2341
④ 4213
⑤ 4312
⑥ 4312
⑦ 4123

■ 單字 I
① c.
② b.
③ e.
④ a.

■ 單字 II
① a.
② d.

③ e.
④ c.

■ 單字 III
① c.
② b.
③ e.
④ a.

■ 單字 IV
① e.
② d.
③ b.
④ c.

■ 單字 V
① c- いじめて
② d- 落ちて
③ b- 間違え
④ a- 利用して

■ 單字 VI
① d- 心配して
② c- 邪魔しました
③ e- 持てない
④ b- 安心しました

【日檢智庫QR碼 26】

Qr-Code + MP3
線上音檔　　朗讀光碟

新制對應 絕對合格 全圖解
日檢必背 單字＋文法 N4 (25K)

■ 發行人／林德勝

■ 著者／吉松由美、田中陽子、西村惠子、千田晴夫、
　　　　大山和佳子、林太郎、山田社日檢題庫小組

■ 出版發行／山田社文化事業有限公司
　地址　臺北市大安區安和路一段112巷17號7樓
　電話　02-2755-7622　02-2755-7628
　傳真　02-2700-1887

■ 郵政劃撥／19867160號　大原文化事業有限公司

■ 總經銷／聯合發行股份有限公司
　地址　新北市新店區寶橋路235巷6弄6號2樓
　電話　02-2917-8022
　傳真　02-2915-6275

■ 印刷／上鎰數位科技印刷有限公司

■ 法律顧問／林長振法律事務所　林長振律師

■ 書／定價　新台幣 359 元

■ 初版／2022年10月

© ISBN：978-986-246-713-8
2022, Shan Tian She Culture Co., Ltd.

線上下載
朗讀音檔

STS

山田社